梁忠文 著

县委书记
就应该这样做

—— 30年前一位县委书记的民生情怀

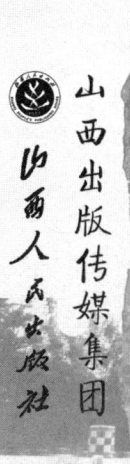

山西出版传媒集团

山西人民出版社

图书在版编目（CIP）数据

县委书记就应该这样做：30年前一位县委书记的民生情怀／梁忠文著．—太原：山西人民出版社，2014.10
ISBN 978-7-203-08619-2

Ⅰ．①县… Ⅱ．①梁… Ⅲ．①纪实文学-中国-当代 Ⅳ．①I25

中国版本图书馆CIP数据核字（2014）第138313号

县委书记就应该这样做：30年前一位县委书记的民生情怀

著　　者：梁忠文
责任编辑：贾　娟
助理编辑：柳承旭
装帧设计：刘彦杰

出　版　者：山西出版传媒集团·山西人民出版社
地　　址：太原市建设南路21号
邮　　编：030012
发行营销：0351-4922220　4955996　4956039
　　　　　0351-4922127（传真）　4956038（邮购）
E-mail：sxskcb@163.com　发行部
　　　　sxskcb@126.com　总编室
网　　址：www.sxskcb.com

经　销　者：山西出版传媒集团·山西人民出版社
承　印　厂：山西出版传媒集团·山西人民印刷有限责任公司
开　　本：720mm×1010mm　1/16
印　　张：12.25
字　　数：140千字
印　　数：1—3000册
版　　次：2014年10月　第1版
印　　次：2014年10月　第1次印刷
书　　号：ISBN 978-7-203-08619-2
定　　价：28.00元

如有印装质量问题请与本社联系调换

1982年4月2日，原壶关县委书记张维庆，因上调省里，来西庄公社告别时，在公社大院留影。

1982年4月，张维庆书记与作者合影留念。

原山西省省长罗贵波视察壶关

自古以来，壶关就是一把干壶干到底，人畜用水靠老天。打井、修池、蓄水，早已成为壶关人民的习惯。然而，1981年春天，壶关却破天荒第一次在城东修善村打出一眼活水井。井深700米，日出水量3000方，能够供给万户用。就是这么一件事，成了壶关的大事，不仅传遍了全县，更传进了省委、省政府。时任省长罗贵波亲临壶关视察，县委书记张维庆向他汇报后，罗省长大加赞扬地说："壶关人民了不起，能在干壶里找出水来，实在是件惊天动地的大事情。照这种精神干下去，干壶就一定能够变水壶……"

（右一）罗贵波省长、（中间）张维庆书记、（左一）丁松珍副书记。

张维庆与全国劳模王五全

在绿化太行山中，王五全打破自然规律，创出用育苗方式绿化阴坡经验后，县委书记张维庆深受感动，并亲切地握着王五全的手说："你已经为荒山绿化立了大功。如你能再在阳坡上种出油松来，那你的功劳就更大了。"

王五全遵照张书记的意见，在很短时间内，就突破这一难关，让阳坡上长出了油松！他为绿化太行山立了大功，被评为全国的劳动模范。

张维庆与路其昌全家合影留念

作为县委书记，张维庆的工作自然是很忙的。然而，他还要挤出时间，去"承包"一户造林专业户。其原因有二：一是他想让阳坡上也长出油松来，因为油松从来就是只长阴坡，不长阳坡，这是自然规律所决定的，而张书记却想改变这一规律；二是路其昌自动报名当造林专业户，这是新生事物的出现。对于新生事物，必须加以保护与支持。于是张书记就承包了路其昌。经过双方努力，终于圆了他们阳坡长油松的"梦"。同时，路其昌既成为全国"专业户"造林的创始人，又成为山西省的林业劳动模范。这是张维庆同志（后排左二），与路其昌全家八口人在山坡上的合影留念。

张维庆与公社书记留影

前排左起：固村公社党委书记程计则、黄家川公社党委书记杨齐斌、黄山公社党委书记杨全庆、常行公社党委书记宋石泉、店上公社党委书记王全孝、县委常委农工部长常友好、县委书记张维庆、县革委主任聂庆保、晋庄公社党委书记连好则、东井岭公社党委书记常玉祥、川底公社党委书记平义芳、辛村公社党委书记王贺悦；后排左起：桥上公社党委书记张仁吉、城关公社党委书记刘德宝、树掌公社党委书记李保书、东崇贤公社革委主任贾进兴、鹅屋公社党委书记刘书茂、石河沐公社党委书记工志明、百尺公社党委书记薛俊华、西庄公社党委书记梁忠文、石坡公社党委书记赵周清、东柏林公社党委书记秦纪之、五龙山公社党委书记张兆祥。

1982年4月3日于壶关县委机关大院。

张维庆与西庄公社社、队两级干部留影

前排左起：党委秘书申玉祥、武装部长程林中、作者、县委书记张维庆、公社主任薛天补、公社副书记李天云、党委成员王安保；二排左起：信用社主任路庆祥、河口大队支书王小荒、回龙山大队支书侯尔喜、西山大队支书吴火存、常平大队支书宋刘富、西关壁大队支书杨元水、王家河大队支书秦祥喜、集店大队支书栗天才；三排左起：三家村大队支书王保忠、严家河大队支书闫增山、东关壁大队支书杨聚法、东长井大队支书杨双虎、行政秘书鲍支平、王章大队主任马高山、黄角头大队支书路建明。

1982年4月2日于西庄公社大院。

壶关四任书记、四任县长留影

1989年9月下旬，山西省林业工作会议在壶关召开。省领导特通知参与壶关"绿化接力赛"的四任书记、四任县长与会。会后到他们"接力绿化"过的麻巷河观看沟坡造林绿化情况。图中左起：张维庆、王虎林、刘德宝、徐水云、聂庆宝、张国太、阎好勇。

张维庆与夫人田玉英看望丁松珍

张维庆对壶关人民是深有感情的。离开壶关20多年了，他的心里还装着壶关人民。2002年10月，他来壶关视察工作时，便把他在壶关所熟悉的干部和群众，都集中在常平村，集体见了面。

当年德高望重的老县委副书记丁松珍，因身体残疾，出不了门，张维庆便与夫人田玉英亲自登门看望了他，并祝他：精神愉快，努力奋斗，健康长寿！

（右一）张维庆、（右二）丁松珍、（左一）丁月英、（左二）田玉英。

张维庆登门拜访张平和

在壶关的荒山绿化中，林业局长张平和解放思想，大胆改革，充分发挥自己的聪明才智，为壶关的荒山绿化，立下了汗马功劳。

张维庆书记虽然离开壶关30年了，每当他出差外地，看到那些绿油油的松林，就会不由地想起勤劳勇敢的壶关人民、艰苦朴素的壶关干部。一些人一些事，像电影一样，一幕一幕地出现在他的眼前……其中张平和就是一例，他认为，张平和是一位杰出的林业局长、难忘的绿化先行官。今天，既然来到了壶关，就有必要登门看看，叙叙旧情。

（右一）张维庆、（左一）张平和。

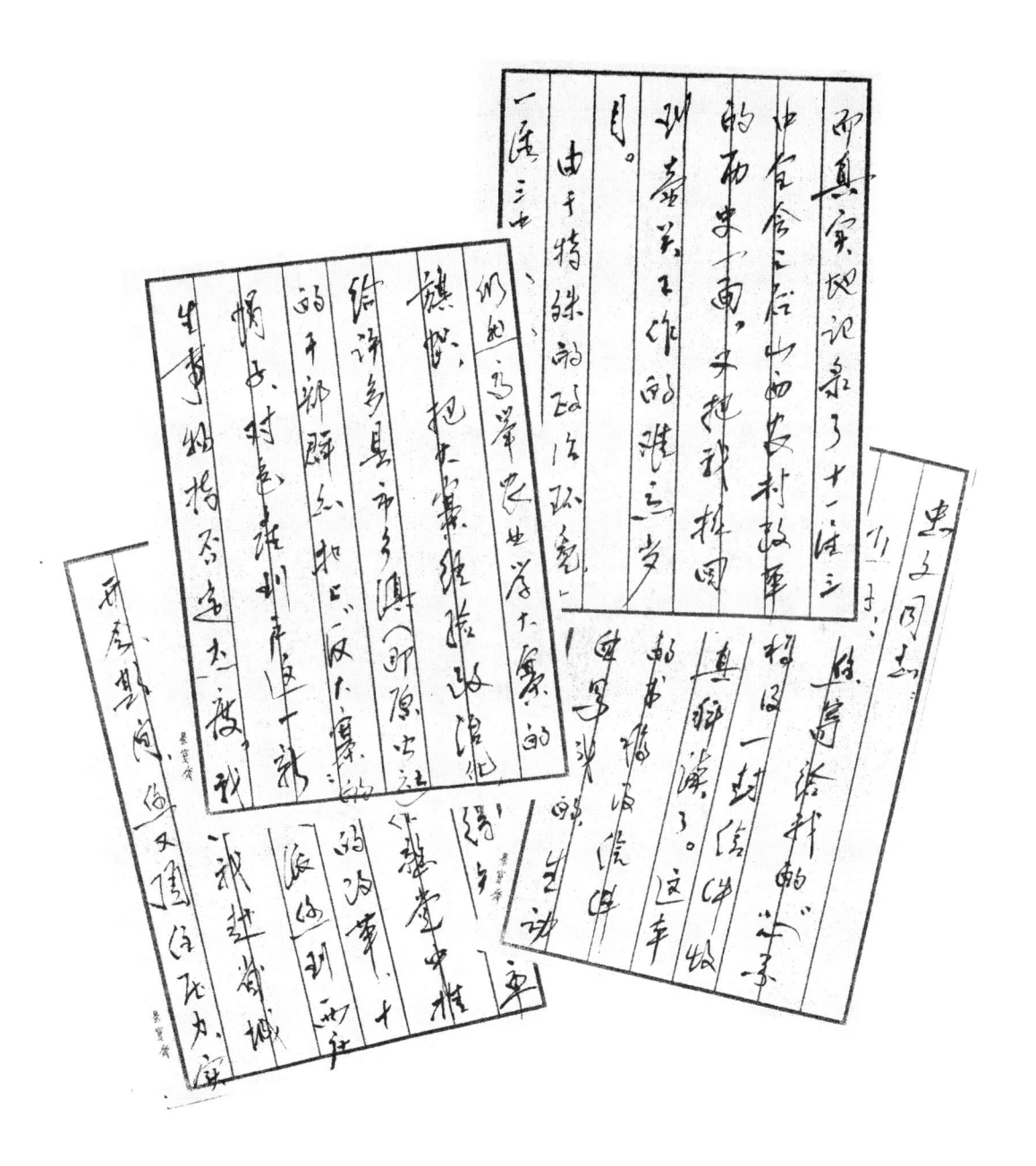

张维庆书记给作者的第一次来信

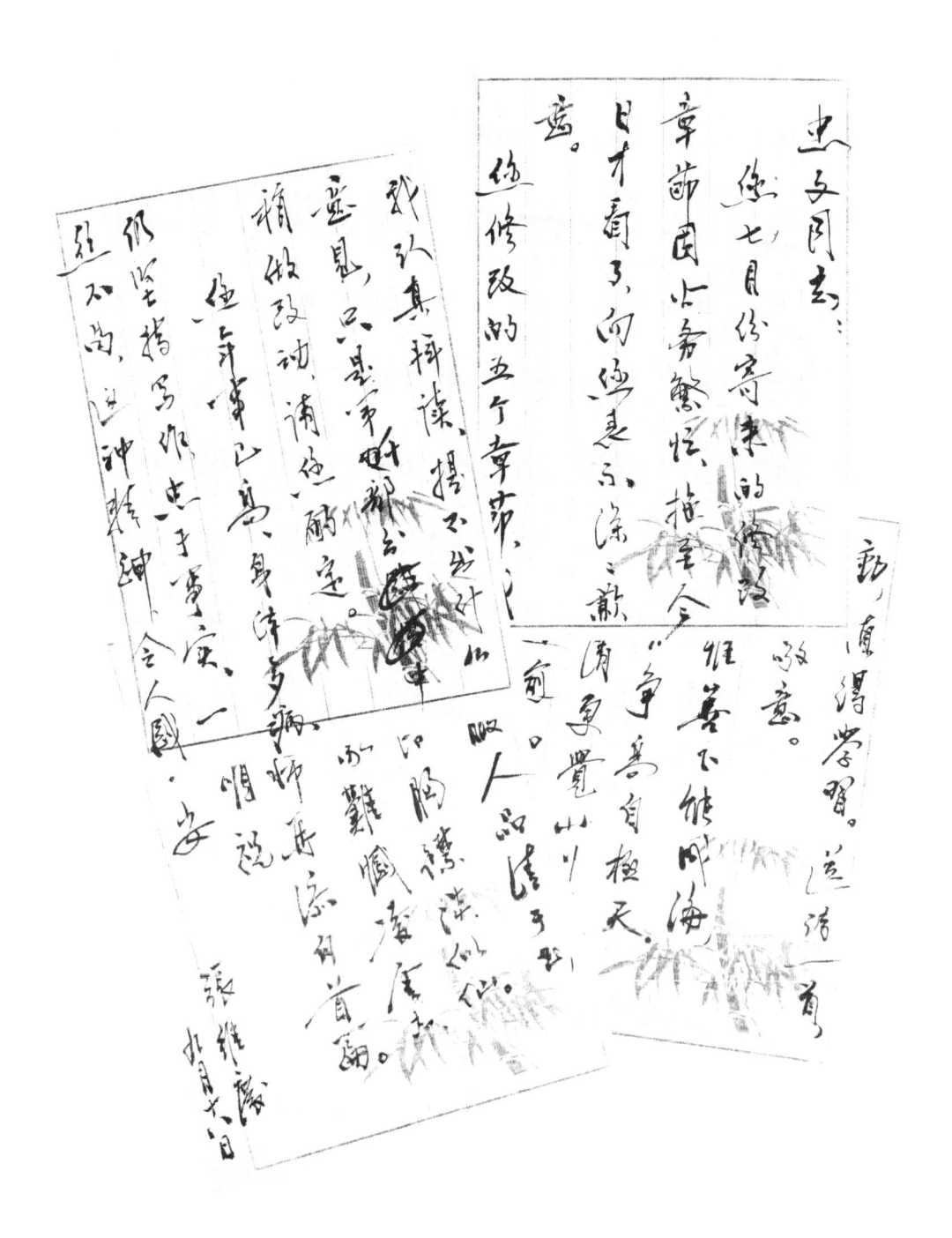

张维庆书记给作者的第二次来信

目 录

心声 …………………………………………………… 001

1 张书记为啥选拔了我？………………………………… 001
2 张书记与我畅谈了一夜 ………………………………… 011
3 我背着张书记搞了"包产到户" ……………………… 020
4 张书记把我们当作农村改革"试验区" ……………… 033
5 张书记要我们走好农村改革第二步 …………………… 044
6 张书记狠抓"两户"发展，走在全国前列 …………… 056
7 张书记二上"北山" …………………………………… 068
8 张书记与"三千万斤粮食" …………………………… 077
9 包产到户走在全省农村改革的前列 …………………… 087
10 张书记与造林专业户路其昌 …………………………… 094
11 绿化太行山壶关带了头 ………………………………… 103
12 张书记要我们实现林网化 ……………………………… 111
13 张书记与一包"苦苦菜" ……………………………… 122

14 难道说，这就是对张书记的"考察"吗？ ……… 128
15 张书记与我们告别的礼物是"科技" ………… 137
16 张书记的第一次来信要我学会当"班长" ……… 144
17 张书记的第二次来信要我改善办学条件 ……… 150
18 张书记的第三次来信要我用辩证法看"告状" ……… 157

附录一：我给张维庆书记的第一次去信 ………… 165

附录二：我给张维庆书记的第二次去信 ………… 170

后　　记 …………………………………………… 172

前 言

心 声

　　这本书,是我为原壶关县委书记张维庆同志写的回忆录。

　　我为什么要写他呢?这是因为30年前,他曾在我们壶关县当过县委书记。虽然只工作了两年,但却做出了许多惊人事迹。

　　30年已经过去了,壶关人民还是念念不忘,常挂嘴边……尤其是我,总认为他在壶关工作的这两年,是一段辉煌历史,是一页不可磨灭的记载,他是一位时代先锋!他的事迹,就像电影一样,一幕一幕地出现在我的眼前……如不把他的事迹写出来,心里总是过不去,脑子里总是放不下。

　　世界上没有无缘无故的爱。我之所以想写他,原因有二:一、我是他亲手提拔的公社党委书记。在农村改革开放的浪潮中,我是紧紧地跟随着他,战斗在这场风雨之中;二、他所发现与培养的一些引路典型(如秦嫦娥、侯天乐、路其昌等),又大都出现在我们西庄公社。加之我们公社的包产到户在全县先走了一步,他以我们公社为基地,指挥全县农村大改革,将壶关工作推向一个新阶段。因此说,我是他的知情者,又是他的见证人。由我来写他,最了解情况,最有发言权。加之壶关的一些老干部、老领导、老同事、老朋友等人的关心与支持，我就更加鼓足了写他的勇气。这样一来，写了将近一年时间，终于脱稿。

这本书，共写了十八篇，约十万字。共分五个方面：一是顶住社会压力，推翻大锅饭，实行包产到户，解决全县人民的温饱问题；二是积极发展集体企业与个体企业，用两条腿一齐走的方式，解决广大群众的收入问题；三是抓住中央"绿化太行山，黄龙变绿龙"的机遇，全面推开了壶关的绿化工作，特别是壶关百万亩荒山的绿化，是他掀开了第一页；四是在选拔干部上，他绝对是任人唯贤，风清气正，德才兼备，以德为先；五是清正廉洁，一尘不染。从调来，到调走，他是两袖清风来，清风两袖走。

不回忆，不总结，还觉得平平常常；一回忆，一总结，就感到很有内容，很值得人学习。尤其是通过亲笔写作，更让我受益匪浅。特别是他的灵活机动的工作方法，就更使我感受至深。这类事例不胜枚举。从他的一系列的工作方法中看，我总感到处处体现着"哲学"二字。可以说，他的辩证法，学得好，用得更好。他不愧为北京大学哲学系毕业生。

这本书，初稿拿出后，我就觉着还有很多问题存在。无论政治观点上，还是文字表达上，都能够看出来许多问题。尤其是张维庆书记，看了书稿后，在回信中直接点出五个方面的问题需要修改。同时，还着重强调了两点：一是要谦虚谨慎，实事求是。宁可写七分，不要写十分；二是要顾全大局，不要顾此失彼。

面对这些问题，该怎么办呢？我首先是求助于我的老上级、老领导马如龙、刘德宝、丁贵生、张平和等人，让他们从各方面为我提出修改意见与建议。特别是50年前的老县委书记马如龙，一针见血地提出三条意见，让人心服口服；其二是求助于我的老文友、忘年交王志明、弓少华、闫文斌等人，让他们从文章结构、语句修辞、书稿内容以及错别字等方面，都做了认真修改，尽力修改了书中的不合理之处。

对于此书，尽管我们费心不小，但我总感到还有很多不足之处需要加工。最终还是山西人民出版社的编辑，经过精心修改后，严把了书的质量关。在此，特向所有参与此书修改的同志，谨表衷心敬意。

张书记为啥选拔了我？

一

1980年9月6日，是个阴沉沉的天气，办公室里显得很暗，我（时任县粮食局副局长）拿起报纸来，只能看看标题。就在这时，县委组织部干部闫邦山来了。我们原是县委办的老伙计，他一进门来，就兴致勃勃地喊："梁老弟，你这个家伙，真有福气！"

"我有什么福气？"

"你……你……你……"他"你"了一阵子，只好实话实说："组织部李部长叫你哩！"

"李部长叫我，会有什么事？"我反问他。

他说："要提拔你当公社书记哩，请客吧！"

他这一说，我有点急了："瞎说，你这是在故意糟践人哩，天上绝不会掉下馅饼来！"

"你不信？走，不用十分钟，你就知道了！"

你说不信吧，他是多年的老组工干部，组织部门的人，是不会说假话的，而且是不到落实的时候，绝不说；信吧，天下哪能有这等好事？我曾在西庄大队"闯"过乱子，说是要处分我，现在还没给我处分哩，就要提拔我，这不简直是天方夜谭吗？

说着说着就进了组织部李国兴部长办公室。一看，一共通知来五个人，我是最后一个进门的。

这时，李部长说："人齐了，咱开会吧！其实也很简单，昨天在常委会上，定了五个公社书记：赵周清，到石坡公社任书记！李保书，到树掌公社任书记！……梁忠文到西庄公社任书记！"

这一说，使我成了丈二和尚，摸不着头脑了。这是梦？还是真的？我正是在西庄公社的西庄大队闯的乱子，不给我处分，还专门提拔我到西庄公社任书记，这是为什么？难道说，天上真的会掉下馅饼来吗？你说不会吧，又是组织部长亲口宣布的……

会议散了，李部长要我迟走一步，要和我说句话，我当然迫不及待了，一定是要给我讲讲"为什么"三个字。

可是，李部长迟疑了一阵子，只说了一句话："提拔你，不容易，要好好工作！"显然这是话里有话。

二

按通常情况说，我的错误是严重的，是应该受到处分的。事情的经过是这样：

1978年秋后，县委派我为组长，牛逢蔚（时任文化局副局长）为副组长，带领杨先明、吴翠风、王双好、杨辉等6个人，到西庄公社西庄大队去整党。西庄，是全县有名的大村，也是出名的穷队。整党内容是"一批双打"，即批判资本主义，打击贪污盗窃，打击投机倒把。进村后，我们摸了一下底子：该村群众穷，干部也不富，群众揭不开锅，干部也一样饿肚子。几年来，社员的口粮不上300斤，年年要缺吃两个月。在这种情况下，大队干部常到辛村公社的土河大队去借粮，连续五年共借下人家的粮食42万斤。贪污盗窃查不到，投机倒把找不出，批资不知该批谁……

在这样一个大队里，我们整党工作组没了主意，不知这整党，该从何处入手，该整什么内容。大家议来议去，议出一个主意，这就是，只有把"整党"换成"整粮"，能够解决了广大社员的吃饭问题，才算是真正的"整党"。

大家之所以提出这个主意，首先是从吃派饭引起的。工作组吃了多日派饭，从没和群众吃过一顿像样的干饭和好饭。不是瓜糊糊，便是"红稀粥"（用高粱米做的），再不就是"切疙瘩"（用米糠、玉米皮等捏成的）……在这种情况下，只有把"整党"变成"整粮"，一切从群众利益出发，才是正确的。

那么，怎样才能把粮食"整"出来呢？这个答案，还是来自吃派饭。一天中午，我到社员老张的家里吃饭，当我把"整党"变成"整粮"的想法向老张讲出后，出乎老张的意料之外，他万万没有想到，我们会做这样的改变。因而，他深情地说："现在是地多不打粮，人多不干活，人哄地皮，地哄肚皮。就拿我们西庄大队说，人均2亩地，打不下500斤粮，出出公粮，扣扣饲料（集体牲口料），人均口粮不上300斤，还都是一些粗秕粮，哪能活呢？别的话，我不敢说。我只敢说生产队有些大，一个队有三四十户，一百多号人，这么大的一个摊子，谁能把人心拢好呢？又有谁肯去好好劳动呢？如果想要急于增产，就得有个增产办法，这就是，把一个队化成三至四个作业组，再把产量包到组，我想，一定会增产……"

老张的话，讲得很有道理。在现阶段，只有改变生产方式，把大摊摊划成小摊摊，再把产量包下去，才能够增产。我们把老张的话，拿到广大群众中去探讨。探讨的结果，大都同意老张的看法。

可是，改变生产方式，谈何容易？把生产队化成小组显然是"复辟倒退"，破坏集体经济。再说，县委要求我们去整党，而我们却要去整"粮"，改变县委的部署，这本身就是目无组织的一大错误。可是，不这样干，又不行。群众的苦难生活触动着我们，百姓的强烈欲望等待着我们……

于是，我们工作组横下了一条心，哪怕犯错误、受挫折，也要按照群众的要求去落实。于是，我们一连做通三级干部（公社、大队与小队）的思想工作，最终将全大队的 9 个生产队，划成 27 个作业组，实行了"联产到组、四定一奖惩"的新模式。这样做了之后，得到了广大社员的拥护。大家高兴地说：包产到组后，一定会夺得大丰收。

三

就在这沾沾自喜之时，西庄大队的改革引发了强烈"地震"，这地震的辐射力相当大，相当广，从邻近公社到县级机关，从厂矿学校到大街小巷，到处都在议论：说西庄大队的整党，是脱轨丢纲，走到了邪路上；把生产队的土地，分到了作业组里，破坏了生产队的所有制，复辟了资本主义；说这件事，坏就坏在工作组长梁忠文头上，这个人是个野心家，胆子比天大，什么事也敢干。连日来，告我状的人，来自四面八方，就连县医院的小护士，在给县委书记打针时，都要趁机告我一状，说西庄大队倒退到解放初期的互助组……一位叫盖海蛟的老领导，为了关心我，专门跑来西庄，批评我："忠文呀，你是不是活得不耐烦了？为什么非要干出这种事不可？"

我说："老领导，这是群众的要求啊！我们不得不这样做！"

他说："群众叫咋干，你就咋干，不就成了尾巴主义了吗？"

还有几位老同学，也找来说：城里的风声很不好，恐怕你要吃个亏……

是的，县上确实有人想抓我这个坏典型。他们认为，西庄发生的事情太可怕了，这是明目张胆地破坏集体经济，必须立即纠正，立即撤回工作组，让梁忠文作检查。

因此，就在这春暖花开的季节，就在这希望的田野上，就在这千亩大平川里，作业组的禾苗正茁壮地生长时，县委组织部来了通知，要工作组立即撤离西庄。

当我们走的消息传到广大群众中时，如同冷雨浇顶，社员们大都戴上了愁帽：工作组一走，恐怕咱们这作业组就完了！

我们走的那天，大队用拖拉机送行。我们六个人上了车，谁也想不到，自愿送行的社员越来越多，大约有300人。虽然都是举起胳膊向我们招手，希望我们以后再来。但却都显得很不乐观，有的人甚至还含着眼泪……

我们回县不久，西庄果然出了问题：县上派人把作业组拆散，又并回到生产队。说这件事地委在追查，县委要处分我。

但是，我的心，是操在老百姓身上的。我干的是好事，而不是坏事。我并不认为我有错。然而，没人让我写检查，也没人上门过问我，只是我个人在等待着处分……

四

等到如今，不仅不给处分，反而让我去当西庄公社书记。尤其是，旧的县委书记调走了，新来的县委书记张维庆，上任还不到一个月，还未见过我的面，对我还不了解，就提拔了我，这是为什么？

事后，有人告诉我，正是因为我搞过作业组，受到过打击，才引起了张维庆书记的高度重视。张书记在摸清我的情况后，在上常委会之前，就让组织部长李国兴把我排在所研究对象的最后。

这次会议，共研究了五个公社书记。前四个，只用了半个小时就通过了；而讨论我，就用了一个半小时——这就是，当组织部长李国兴把我的情况介绍了之后，就像戳了马蜂窝，大家七嘴八舌地吵起来，这个说，这是个野心家；那个道，这是个闯祸精……用了这样的人，只会给咱们帮倒忙，扣黑锅，起不到什么好作用……说来说去，无非是讲了这样三条：一是，张维庆书记才来，还不到一个月，应该对梁忠文熟悉一下再考虑；二是，在西庄大队搞整党，不该破坏集体经济，将生产队分成作业组，出这种风头的人，自然是野心家的表现；三是，用上这样的人，很危险，弄不好就会闯乱子。

新来的县委书记张维庆，是个朴素大方的领导。在对人方面，他总是以诚待人，以情感人，以理服人。在开会或研究什么事情时，他总是让人把话讲完，才要张嘴。因而，张书记等大家把话讲了后，才心平气和地说：大家讲的这些情况，我都知道，究竟这个人，是不是个好人，能不能用？总得把情况讲清楚，才能下结论。我们既不能用上坏人，但也不能失去好人。

他说：我是八月上旬来的，到今日为止，还不够一个月。对于壶关的情况，可以说是生得很，说错了，请大家原谅。

我要说的第一个问题，是关于认识梁忠文的问题。按说，对一个干部的使用，应该是熟悉以后，再提拔为妥。可是，我认为，任何一个人的认识范围都是有限的。壶关有上千名干部，大都分布在各机关与乡下，茫茫一大片，让我个个都认识，人人都了解，恐怕给我三年时间，也办不到。问题是，我们党的干部政策，历来是任人唯贤，而不是任人唯亲。任人唯贤与任人唯亲的根本区别，就在于以什么标准来判定贤，是以客观实际，还是以主观思想。任人唯亲者，总是以个人"认为"作依据，来认定你贤不贤。这就否定了贤的客观存在，把思想感情当作了贤的标准：说你贤你就贤，不贤也贤；说你不贤就不贤，贤也不贤。而党的"任人唯贤"标准，历来是看能否坚决地执行党的路线，服从党的纪律，和群众有密切的联系，有独立的工作能力，积极肯干，不谋私利等。因此说，在选拔干部时，自己认得不认得，无关紧要。众人是圣人，应靠大家认。是金子，就会发光；是人才，就会发现。无论是谁，只要是金子，就应拣起来；不拣金子，拣石子，就拣错了，就不起作用。

我要说的第二个问题，是关于野心的问题。我想先讲一个小故事：法国一位叫巴拉昂的年轻人很穷，很苦。后来，他以推销装饰肖像画起家，在不到10年的时间里，迅速跻身于法国50个大富翁之列，成为一位年轻的媒体大亨。不幸，他因患上前列腺癌去世。他去世后，法国的一家报刊刊登了他的一份遗嘱。在这份遗嘱里，他说："我曾经是一个穷人，在以一个富人的身份跨入天堂的门槛之前，我把自己成为富人的秘诀留下。谁若能通过回答'穷人最缺少的是什么'，而猜中我成为富人的秘诀，他将能得到我的祝贺。我留在银行私人保险箱内的100万法郎，将作为睿智地揭开贫穷之谜的人的奖金。那也是我在天堂给予他的欢呼与掌声。"

遗嘱刊出之后，有48561人寄来了自己的答案。这些答案五花八门，应有尽有。绝大部分人认为，穷人最缺少的当然是金钱，有了钱，就不会再是穷人了；另有一部分人认为，穷人之所以穷，最缺少的是机会，穷人之穷是穷在背时上面；又有一部分人认为，穷人最缺少的是技能，一无所长所以才穷，有一技之长才能迅速致富；还有的人说，穷人最缺少的是帮助和关爱等等。

在这位富翁逝世周年纪念日，他的律师和代理人在公证部门的监督下，打开了银行内的私人保险箱，公开了他致富的秘诀。他认为：穷人最缺少的是成为富人的野心。在所有答案中，有一位叫蒂勒的年仅9岁的女孩猜对了。为什么只有这位9岁的女孩想到穷人最缺少的是野心？在接受100万法郎的颁奖之日，她说："每次，我姐姐把她的男朋友带回家时，总是警告我说不要有野心！不要有野心！于是我想，也许野心可以让人得到自己想得到的东西。"

谜底揭开之后，震动法国，并波及英美，一些新贵、富翁在就此话题谈论时，均毫不掩饰地承认：野心是永恒的"治穷"特效药，是一切奇迹的催化剂，是所有奇迹的萌发点。穷人之所以穷，大多是因为他们有一种无可救药的弱点，就是缺乏致富的野心。

这说明，有野心是对的。大家说梁忠文有野心，他确实是有野心。但是，应当正确地评价一个人，用事实去说话。也就是说，他的野心与巴拉昂的野心还不同。巴拉昂是为自己富而产生的野心，而梁忠文却是为大家富产生的野心。尤其正在整党中，他就敢扭转整党方向，把9个生产队，破成27个作业组，把产量包干到组，得到了广大群众的赞同。这正是他的"野心"，这正是他的"闪光点"。我就正是看中了这一点。试想，如果没有野心，没有胆量，谁能干出这样的事来？实践是检验真理的唯一标准。应当肯定，梁忠文同志的做法是对的，是赶形势的。为什么这样讲呢？

大家都知道，党的十一届三中全会，是1978年12月召开的，至今一年零八个月了，对邓小平同志关于"解放思想，实事求是，团结一致向前看"的重要讲话，还没有一点动静，还没有一点反应；我们的工作，仍是四平八稳，死水一潭……群众的温饱问题，仍不能得到解决。

邓小平同志说："白猫、黑猫，只要捉住老鼠就是好猫。"而梁忠文，不管他自己是猫不是猫，是个什么样的猫，但他总是想去捉老鼠。假如人家的"作业组"，中途不被人破坏，能坚持到秋后，肯定增产。《人民日报》曾经介绍过四川省广汉县金渔公社的经验，人家就是这样做的，其增产幅度在40%以上，事实已经证明了这一问题。可是，有人破坏了人家的作业组，还要给人家戴上个破坏集体经济的"罪名"，这也太无道理了。邓小平同志对这一问题，有个说法：干和不干一个样，甚至干得好的反而受到打击，什么事不干的，四平八稳的，却成了"不倒翁"。因而，我们总不能一直选拔那些四平八稳的人、胆小怕事的人、庸庸碌碌的人。总得选拔有点野心，有点压力，敢于打破旧框框，敢于开创新路子的人才好。

接下来，我再说第二个问题，关于梁忠文同志闯下乱子怎么办？我说，这就太好办了，只要他做下违反党纪国法的事，损害群众利益的事，该怎么处理就怎么处理。

张书记这么一说，大家都松劲了，都不再争辩了，都同意了对梁忠文的提拔。于是，他还专门把我安排在西庄公社，让我在哪里跌倒就在哪里爬起来。

五

我万万没有想到，我闯的"乱子"竟成了好事，张书记竟把它看成了"闪光点"与"金子"……

这时，我的心深感不安与痛苦：这对我的评价太高了，太可怕了，我哪能受得了！我该怎么办呢？不知不觉，我的两眼噙满了泪水……

这时，不少人说：张书记在用干部上，并非对你是这样，对谁也一样。他绝对是任人唯贤，风清气正。他不管你是谁，也不管认得不认得你，更不管你在上层有什么关系，只要你德才兼备，一心为民，工作有方，群众公认，他就会积极地选拔你，使用你。他所提拔的一大批干部中，大都不认得，见了面，还得自我介绍，才能够对上号。就像你，做梦也没想到，自己会成为公社书记。有些干部已经上任了，还在呆呆地想：这是真的吗？难道，天上真的会掉下馅饼来吗？因而，张书记的做法，一时间，在壶关传为佳话。

感悟："馅饼"与金钱

30年前，张维庆书记在选拔干部时，是任人唯贤，破格选才。只要你的条件合格，不认识你，也一样地让"馅饼"掉在你的怀里。

30年后的今天，怎么样呢？应当肯定：张维庆式的书记，还是大有人在，怕就怕你命运不好而遇上贪官。若你想当官，就得用金钱买，一分价钱一分"货"，十分价钱买不错。

若你真的用金钱买了官，你也一定是个贪官。你首先就会去找回你的"投资"与"利润"。这样一来，必然要层层出贪官……

2 张书记与我畅谈了一夜

按照组织部的要求，第二天上午，我就到了公社。我想先召开一个大队支书会，与大家见见面，认识认识。然而，没等我开会，一些支书就陆陆续续上门了。

他们提前到来，并不是来见我，来与我沟通，来谈工作，而是来向我讲困难，倒苦水，想卸任。全公社14个大队，就有7个大队支书提出辞职。说什么，这工作实在不能干了，别的不说，光是拿吃饭问题，就解决不了。地薄不打粮，年年老产量。打来的粮食，出了公粮，分不够口粮，分够口粮，又缺了牲口饲料。由于缺粮，无形中就被逼出两条出路：第一条是外迁。不少人提出要搬迁，他们的去向是沁县、沁源、武乡一带，说是那里地广人稀，有地种。眼下，全公社准备外迁户达150多户，600多口人，已经有80多人不知迁到了何处；第二条是借粮。几年来，全公社外借粮食240多万斤，涉及到两省、五县、48个大队。

不接触实际不知道，一接触实际心就躁。我毕竟是初当书记，必然有个实践阶段。自己能够解决的，就自己解决，实在解决不了的，就向领导请示。于是，我便跑到县里，去见张书记。

一

张书记还未见过我，我自我介绍后，他笑了："你就是梁忠文？好！算我见着你了，有事吗？"这时，没等我开口，就有人找他，说招待所来了客人，要他去接见；他还没动步，又叫他到值班室接电话；他出门不久，又来了两个农民，愁眉苦脸地坐在沙发上……这哪里还有我说话的余地？无奈，我只好回去。

这天夜里，月亮很明，秋天的晚上，显得格外凉爽。我吃过晚饭，正在公社院里散步，突然进来一辆吉普车，我心想：这是什么人？黑夜来干什么？莫非出了什么大事？当我走近一看："啊！是张书记！"于是便问："张书记，你怎么这个时候来了？"

"还不是为了你吗？"张书记笑着说："上午，你来县里找我，一定有要事。可是，因为我太忙，白天顾不上，只好黑夜来。再说，从你当上书记，我还未来过，总得与你好好聊聊。今夜，我就不走了。"他说着，就打发司机双富开空车回去了。

张书记的这种举动、这种心情，使我深受感动。我是下属，他是上级，他的工作很忙，我是不应该给他找麻烦的。可是，没想到，他竟是这样的一个人，他竟是这样的善体下情。白天忙不过来，就利用黑夜，住下来，也要及时回答我的问题。他如此这般关心我，爱护我，我的心，怎能平静呢？因而，我动情地向他汇报了我的工作与要求。

张书记静心听取后，思索了一阵，才说："忠文同志，你说得很好、很对，你的话，句句触动着我的心，因为我和你，可以说是同病相怜。"

他说，我是陕西人，跨省来到山西，又来到你们壶关县，离家足有千里远。再说，你们壶关县，虽是革命老区，但却是个有名的贫困县。真可谓"千里做官，人地两生，不毛之地，民不聊生"。我来到这里，和你一样，首先遇到的第一个大问题，就是吃饭问题。全县80%的大队都缺粮，少则缺一月，多则缺百天，缺粮总额已达到1500多万斤。你是站在西庄公社的立场上讲吃饭，我是站在全县的角度上讲缺粮。本质上，咱们讲的是同一个问题，背的是同一个包袱，害的是同一种心病……

他说，你的汇报，你的要求，实际上是在为我分忧，为我解愁。但是，我知道，为我分忧解愁的人，并非你一个，可以说，全县的20个公社书记，都在这样想。

那么，我们公社的问题，应该怎样解决呢？

他说，看问题，应当把眼光放开、放远，不能只看眼前，不看以后，只看一点，不及其余。应当全面地、历史地、长远地去看。这也和走棋一样，走一步，就应该看出两步三步或四步；走一步，看一步，往往会把自己走死。当前的问题，当然是吃饭问题；吃饭问题解决了，就是收入问题；收入问题解决了，就该考虑修房盖屋问题。老百姓长期以来，住着那些破破烂烂的房子，也应该变变了。

于是，张书记热情地向我讲了三个问题。

二

第一个问题，要我们认真学习领会党的十一届三中全会精神。他说："在现阶段，必须认清形势，看准方向，把学习党的十一届三中全会，放在首位。特别是邓小平同志的讲话，是一篇划时代文献。他在这里，讲了很多关键性的话和要害性的问题。这就是，解放思想，实事求是，这是当前的一个重大政治问题。如果一切从本本出发，思想僵化，迷信盛行，那就不能前进，那就没有了生机，那就要亡党亡国。只有解放思想，实事求是，一切从实际出发，理论联系实际，我们的社会主义现代化建设才能顺利进行。也就是说，没有思想的解放就没有实事求是。解放思想的目的，就是实事求是，我们必须把二者统一起来，绝不能割裂开来或对立起来。

他说，什么叫解放思想？什么叫实事求是？解放思想，就是指在马克思主义指导下，打破习惯势力和主观偏见的束缚，研究新情况，解决新问题，做到思想和实际相结合，主观和客观相符合，就是解放思想，实事求是。

他说，回顾往事，1978年冬，你在西庄大队整党时，在客观事实面前，你已经体现出三中全会精神。尽管那时，三中全会还未开，但你的做法和行为是符合三中全会精神的。如果你的思想不解放，就不敢公开否定县委的整党决定，擅自把整党变成整粮；如果你不调查、不研究、不了解实际情况，你也不会产生包产到组的做法。

他说，党的十一届三中全会召开，已经两年了，中央已经把农村的情况讲清了。但是，我们还是执迷不悟，死水一潭。在这种情况下，希望你要解放思想，大胆改革，在全县的农村改革中，先走一步，带个好头。我之所以定你为西庄公社书记，也就是想让你在哪里跌倒就在哪里起来，还给西庄人民一个公道，也还给你一个公道；让你在这片热土上，打破僵化局面，闯出一条新路。也就是说，用什么办法能把粮食搞上去，就用什么办法。如果你认为，包产到组就能解决群众的吃饭问题，那你就继续搞你的包产到组。

三

第二个问题，张书记要我认清自己的职责是什么。他说，无论谁当县委书记，都得把公社书记当作关键人物去看待。因为公社一级，是一个承上启下的机构：上接县里，下接农村，中央的方针、政策，省、市的大政方针，县里的决策、决议等，都得通过公社一级去贯彻、去落实；农村的经济建设，农民的生活改善等，都更离不开公社。就连老百姓有什么问题或困难，也都首先靠的是公社。实践证明，公社一级是万丈高楼的根基，是中国最关键的岗位。下派的公社书记是最优秀的人才，是举足轻重的人物。因此说，公社书记是广大农民的理当家，是中国农村的"顶梁柱"。

你已是这里的书记了，你就得认清自己的职责是什么。奋斗目标在哪里。也就是说，党把西庄公社14000口人的命运交给了你，你就得考虑怎样对待他们，怎样保证他们的生存！

西庄公社共有14个大队，分布在30平方公里土地上。有山有川，有沟有滩。面对这样一片自然条件十分苦寒的地方，你该怎样办呢？这不是说一句话，下一道令，或喊一声口号就能够变好的；这得脚踏实地地一步一步走，一事一事做，一天一天地变，才会好起来。第一步，必须摸清底子，做到心中有数。这就需要你放下架子，迈开双脚，走向基层，认真地、细致地，一个大队一个大队地去了解。就像医生诊脉一样，应把每个大队的情况弄清楚。一是要看地形。是山区，是半山区，还是平川区。二是要看土壤。是黄土，是黑土，还是别的什么土。三是要看资源。从地上到地下，有什么资源，有什么特产。四是要看气候。各大队所处的地理位置不同，气候也不一样等。

在摸清底子的基础上，再走第二步。这就是一个大队一个大队去研究，去审定，看这里宜发展什么，不宜发展什么，先发展什么，后发展什么。做到充分发挥每个大队优势，让他们尽快富起来，这就是你应尽的神圣职责！

四

第三个问题，要我学会选拔大队人才。作为公社书记，谁都想把工作搞好。那么，搞好工作的关键是什么呢？就是选拔大队支书。你把支书选好了，你就可以做到一呼百应，事事领先；你没有选好支书，你就是百呼一不应，处处上不去。因此说，必须把大队支书拿在手上，大胆地、破格地、不受任何限制地去选拔。"千军易得，一将难求"。人是社会的主体，社会是由人创造的。事业要兴旺，社会要进步，必须以人为本，靠人奋斗！而人的智慧分高低，能力有强弱。能否实现理想大业，关键在于选拔人才。选准一个人，能富一个村；选错一个人，大家都受贫。因此说，在选拔大队支书上，绝不能马虎，绝不能将就，绝不能送人情。

那么，怎样才能选拔好大队支书呢？张书记深切地讲了五点：

一是必须选拔德才兼备的人。马克思主义的人才观，坚持起用德才兼备的干部。对有德少才者尚可小用，因为这部分人毕竟还能为人民办些力所能及的事情，起码不致于坏事；而无德有才的人就大不一样了，他们的才气越大，给国家给人民造成的危害就越大，此等人岂可用之？这说明，在选人用人时，德与才，必须以德为前提，以德为先决，以德为统帅，德始终是第一位的。违背了这条标准，选错用错了人，就会挫伤群众的积极性，就会败坏党的风气，就会给党和人民带来极大的危害。因而，绝不能用那些有才无德、以才蔽德、以绩掩德、品行不端、作风不正、投机钻营的人。

二是必须选拔有坚定理想信念的人。马克思主义的理想信念，是方向，是目标，是定位，是追求。一个人如果没有了理想信念，就没有了前进的方向和前进的动力，就会变成一具失去灵魂的肉体；就谈不上什么理想与追求，梦想与实现。因此，必须选拔那些有坚定理想信念的人，有方向、有目标的人。

三是必须选拔"清正廉洁、作风正派"的人。古人云："廉者，政之本也。""清廉"是党的干部做人做事的底线，是老百姓对干部最高的褒奖；"贪婪"是共产党人始终反对的东西，是老百姓对干部最大的不满。我们必须选拔那些清正廉洁、作风正派的人。尤其是大队支书，是一村之主，他们直接工作、生活在群众之中。他们的一言一行，一举一动，时刻都在广大群众的监督之下。决不能把那些口是心非，胡作非为，当面是人，背后是鬼的腐败分子选拔上来。

四是必须选拔敢于大胆创新的人。所谓创新，就是落后者不能再循着领先者的路线跑，而是另辟蹊径，"抄近路"，寻找超越捷径。要超越，就必须用创新精神，去突破旧体制，开创新天地，走出捷径。这是中华民族进步的灵魂，这是国家兴旺发达的不竭动力。失去了创新，就要倒退；不进行创新，就要落后。尤其是大队一级，是中国的第一线，是中国的最基层，是中国老百姓的生存之地。因而，支书这个位置，必须交给那些有胆有识，有勇有谋，敢走新路，敢创大业，敢担风险的人。

五是必须选拔那些善于学习的人。书籍是人类知识的载体，是人类智慧的结晶，是人类进步的阶梯。读书，对于一个人的成长进步很重要。特别是农村干部，有的人之所以干着干着就犯了错误，走着走着就栽了跟斗，一个重要原因就是不读书、不看报、不学习。他们所买的书籍、所订的报刊连翻都不翻，就变成了废纸。因此说，这种现象必须彻底克服，这种作风必须坚决扭正。尤其，党的十一届三中全会已开过，这是我党有史以来的一次划时代会议，它将要引导中国来一场翻天覆地的大改革。因而，新情况、新问题将不断出现。我们不熟悉、不了解、不懂得的东西很多。解决这些问题的唯一办法，就是学习。因此说，决不可将那些不读书、不看报、不学习、终日忙碌于"事务"的人选进来。品德不好是废物，学习不好，也一样会变成废物。

五

张书记向我讲的这些话，多么诚恳！多么生动！多么使人心明眼亮！多么使人精神振奋！

我说："张书记，为了我的工作，你专门住下来，与我畅谈了一夜，真的太辛苦了！"

他说，你的工作，就是我的工作，作为县委书记，必须十分关心公社书记。前面已经说过，你们是农村的"顶梁柱"，不关心顶梁柱，天就会塌下来。那么，怎样关心你们呢？应当说，这是多方面的，但是，常用的一种方法，就是谈心。谈心，就是交心，就是将两颗心融洽在一起，产生共鸣，产生力量，产生效果；谈心，能够填平两层领导之间的鸿沟，融洽两级之间的感情，促进共谋大业的发展。因此说，谈心，是个行之有效的工作方法，它既能沟通思想，还能解决问题，更能使两级书记的心，紧紧地系在一起。因此，我的做法是：尽量做到每季与公社书记谈一次心，一年四次；但最少也不能少于两次。即便是没有什么大的问题可谈，只当是联络联络感情，也还得这样去做。

这时，时针已指向凌晨2点，我们应该休息了。但是，张书记的精神还是那样的兴奋！

我让张书记到客房睡，他却要睡在我的床上。

我说："张书记，不能睡在我的床上，我的被子不干净，已经一年多了，还未拆洗。"

但是，他却笑着说："话不能这样讲，你能睡，我就能睡。"没办法，我只好去客房。

在客房，我失眠了，翻来覆去地想：张书记本应睡客房，偏要睡在我的床上，这是为什么？——我突然明白了：他住一夜，就要当当这里的主人！让我住客房，就是在考验我：在这里，你是要安下心来当主人呢？还是要当客人！这时，我不由得笑了……

感悟："命令"与谈心

　　下属找上级领导反映问题，这是顺理成章的事。问题是：有些领导，无论你反映的问题大与小，他都用的是行政命令，三言两语，就打发你回去，给人一种非常不愉快的心情。而张维庆书记就不是这种做法，他常常用的是谈心方法，给你解决问题。如果你的问题较大，他还会走下去，住下来与你畅谈。因而，谈心之后，总会使人高兴，总会使人开心，总会让人精神振奋！

　　我想了想，我在对待我的下属时，也曾多次用过行政命令，也曾给他们造成过精神上的创伤……因而，张书记让我改变了态度，扔掉了"命令"，用上了谈心。

我背着张书记搞了"包产到户"

与张书记的一夜畅谈,使我认识了很多问题,明白了很多道理。特别是处在十一届三中全会之后的今天,要想解决工作中存在的问题,就必须解放思想,开动脑筋,实事求是,一切从实际出发。

遵照张书记的意见,我便放下架子,迈开双脚,走进农家去调研。尤其是,我还有个"幻想":当年在西庄大队搞包产到组,虽然中途流产了,但张书记却肯定了我的做法。况且,西庄大队还有这个要求。如今,这本经还能不能再念?怎样去念?这都得率先走在群众中找答案。

一

我走访的第一家,就是常平大队支书宋刘富。这是个年轻有为的人,农村工作经验很丰富,是全县有名的好支书。这天,他见我这个新来的书记独自一人登门来了,自然很乐意。但他立刻就意识到:我的到来不寻常,定有什么要事。于是,就把老婆、孩子支出去了。

当我提出如何解决群众的吃饭问题时,他冷场了,他两眼望着我迟疑了好一阵，才说："不行……不行……梁书记，我想不出个好办法来。"

他的脸，一阵青，一阵红，他反复无常的神态，使我明白了：这里边，必然有个"怕"字在作怪——这能怕成个什么呢？即便是很"怕"，我也得听一听。于是，我又耐心地对他做了一番思想工作，宋刘富同志才开了腔："说就说，说错了，请你原谅！那年你在西庄大队搞包产到组，虽说中途流产了，但要真正坚持下来，也一定会增产。不过，要真正做到高产、稳产、连年增产，恐怕这作业组就不行了，因为这作业组，毕竟还是在生产队的管辖之下，这叫做'大锅饭'分出来的中锅饭。应该说，这也叫改革，但不是一种彻底改革。要改，就得彻底地改。不过，这话，只能你我知道，必须保密。事不成，也不能受到影响，特别是你。"

他所讲的彻底改革，就是"包产到户"，一竿子插到底。他之所以这样讲，是因为他已有这方面的实践：他曾偷偷地把三队与六队的一些边远山坡地，包到户下，亩产量就由250斤增到450斤以上，增幅达80%。而大片的平川地，也不过400斤。他说："梁书记，如果你有胆量，敢把土地包到户下，我敢说，吃饭问题，肯定能解决。不过，咱只能嘴上说说，却不敢实际去做，这种做法太危险了！弄不好，轻者开除，重者坐牢！"

"啊呀！刘富同志，你怎么就说得这样怕呢？我告诉你：县委张书记与我畅谈了一夜，讲了很多问题。特别是讲到党的十一届三中全会这个问题，他充分讲解了邓小平同志在这次会议上的讲话。他说，邓小平同志重点讲了一个问题，就是解放思想，开动脑筋，实事求是，一切从实际出发。如今，为解决吃饭问题，你提出包产到户，不正是按照邓小平同志的讲话去办的吗？"

刘富说："邓小平同志的讲话，倒不能说不好，但也不能大意，首先得认清包产到户是什么性质，属于哪条路线。说白了，就是分田到户，实行单干，一家伙就倒退到解放前。在现阶段，谁敢这样干？"接着，宋刘富就讲出两条理由：第一条，农村经济的发展，是一步一步走过来的。解放初期是互助组，到后来是初级社、高级社以至人民公社。经过30年的努力才走到今天，如果搞了包产到户，不就是把集体经济推翻了吗？第二条，尽管邓小平同志讲的很宽道，可是省里没命令，地委没文件，报刊上又没有发现过这方面的消息，县委自然也不敢公开表这个态。也就是说，解放思想，也得有个范围，有个框框，有个尺度，不能出了格。

我说："那么，我搞的作业组，不也是出格的事吗？为什么张书记却认可了呢？"刘富说："作业组我已经说过了，它仍属于集体经济的范畴，而包产到户就不一样了，它的性质就完全变了，张书记敢认可作业组，而敢不敢认可"包产到户"，这恐怕就得打个问号了！"这时，刘富十分谨慎地说："梁书记，你好好想想，我说的对不对？可以说，搞'包产到户'太可怕了！说实在的，我是个光脚人，还怕穿鞋的？我怕的不是我，而是你。听上我的一句话，一步走错路，你就完了。你是国家干部，我能眼睁睁地看着你栽跟斗吗？"

宋刘富的话，应该说很有道理，很有深度，也很够关心我的了。但是，我总觉着，包产到户是对的，是符合三中全会精神的。思来想去，即便不符合，即便会出格，也应该摸清这个底子，得出一个结论。这就是，宋刘富包产到户的意见，究竟对还是不对？代表的是少数？还是多数？我总得做到心中有数，需要做一番深入细致的调查，让老百姓掏出心里话，才能证实这一问题。于是，我就来了个队队吃派饭，户户去座谈。全公社14个大队，仅用了一个多月时间，就走访了11个大队，吃了50多家派饭。我把心掏给了老百姓，老百姓自然也把心掏给了我。这样一来，这底子摸了个一清二楚：绝大多数社员，都赞成包产到户。他们推心置腹地说，这大锅饭实在不能再吃了，吃得人懒不出力，吃得地薄不打粮，吃得卖不出公余粮。事实证明，宋刘富的观点是正确的，包产到户已成为广大群众的迫切要求。

二

那么，我该怎样办呢？是后退，还是前进？是保官，还是保民？就在这个十字路口，我想起了我的入党介绍人周海清（时任县农业局长）。这个人既是个热心人，又是个政治嗅觉十分灵敏的人，看问题很精准。于是，我便去找他。

当我把一切情况讲清后，他说："你的想法和做法，都是符合三中全会精神的。只要是广大群众的心里话，只要是广大社员的强烈要求，就说明是对的，你就应该去做，也一定不会错。尤其是现在，中央就开着个口子，让我们解放思想，实事求是，从实际出发。而包产到户，不正是从实际出发吗？即便是中央一时不能肯定，但终究还是会肯定的。无论什么事，都要有个过程，在这个过程中，弄不巧，就会受挫折，栽跟斗，甚至丢官或坐牢。但是，只要自己认准是对的，是符合广大群众利益的，真理就在自己手里，到后来，终究会有一个好的结果。"说到这里，他向我讲了一个真实的故事——

1960年，某县新调来的县委书记，下乡搞调研，发现生产队的公共食堂办得很不好。这是从1958年人民公社化后开始的。由于粮食年年欠收，集体经济底子太薄，大灶饭，越吃越孬，越吃越苦，几乎都变成了稀米汤或稀菜汤，喝得人们得了浮肿病，饿得人们走不动路……这时，他想：老百姓太苦了，这要生活到何年何月呢？因而，在广大群众迫切要求解散食堂的情况下，他回到机关，一气之下就向党中央打了报告，要求中央下令解散食堂。这个报告写成后，刚贴好邮票准备邮，正好被他老婆碰上，拦住了。

"孩儿他爹，你还想活不想活？你这干的是什么？人家都是夸食堂好，你却要说食堂坏，我绝不同意你这样干……"于是，她不分青红皂白，一把将报告抢在手里，一下就塞进火里，烧成一把灰。这个书记是个一头撞倒南墙的人，凡他认定是正确的事，就非要落实不可。烧了正文，还有底稿，这天夜里，他重新整理、打印后，次日一早就发往中央。

报告发出，不到一周，中央就给该省打来电话，要抓这个"右倾机会主义分子"。于是，省委立刻就通知他所在的这个地委，落实这一问题。

地委的领导们，一向认为他是一个很好的同志。可是想不到他会出现这样的问题。因而，经过批判，以关心他的角度，连降三级，让其到某县某公社当了个副主任。

直到次年，中央否定了"食堂化"，才证明这个县委书记的意见是正确的，才给他平反，恢复名誉，官复原职。

这时，周海清同志认真地向我说："凡事，都应往最坏处着想，向最好处努力。因而，你也应学学这位县委书记，勇敢地站出来去搞包产到户。即便搞错了，让你坐了牢房，也不过是暂时的，因为实践是检验真理的唯一标准。如果这位县委书记，不是掌握了真实情况，不是从人民利益出发，他绝对不会官复原职。"

周海清的一番话，说得非常好，他用活生生的事迹教育了我，鼓励了我，使我横下了一条心，决心要把包产到户进行下去！

那么，我该怎样入手呢？

周海清冷静地说："这件事，要想办成，必须闯过三道关：第一道关，是大小队干部。他们掌握着实权，他们的思想做不通，工作就无法开展；第二道关，是公社党委，党委一班人的思想，如果不能统一起来，工作的难度就更大了；特别是第三道关，是县委，县委不让你干，说什么你也干不成。"

三

周海清的话，讲得很周到，必须努力闯三关。那么，这三关该怎样闯呢？先从哪里入手呢？想来想去，还是得先从公社党委开始。因为公社党委处于县委与大队之间，起着承上启下作用。只要一班人团结好，既可做县委工作，还能够疏通大小队干部。

面对这一问题，我深知，主观不行，强迫不行，独断专行更不行。用什么办法，才能做通一班人的工作呢？还是得依靠老百姓。因为我就是从老百姓中接受教育，认识到包产到户的，他们也需要这样做。

于是，我召开党委会，要求所有党委成员及管委副主任等，都要拿出半个月的时间，到自己所包大队，摆脱固定户（近年来，各大队都形成一种坏习惯：凡下乡干部，都吃住在干净卫生，较富裕的固定户，每天每人还补粮一斤。如同走进一个"包围圈"，真实情况难了解），轮流吃派饭，深入做调查。这样一来，使党委成员们亲眼看到社员们少吃无喝，少穿无戴的苦难生活，使大家深深认识到包产到户的重要性。正如他们所说：走出固定户，进入贫困家，成了两天下，不访不看不知道，一访一看心就跳。万万没有想到，包产到户的决心，早已埋在广大群众的心底。因而，党委一班人的思想，很快就统一了。

党委这一关过后，接着就是第二关：做大小队干部工作，这是重中之重。这一关闯不好，将一事无成。但因我们的措施很得力，一连召开了党员、干部与群众三个不同类型的会议，起到了决定性的作用。特别是群众会，我们的要领是十六个字：发动群众，上下夹攻，两热一冷，定能相容。方法是：召开社员大会，公开包产到户，让大小队干部亮观点，让社员代表做评判，最后是党委成员各自表态。这样一来，14个大队包产到户的思想很快就统一了。

这两关都好闯，最难闯的是第三关，也就是县委这一关。我们包产到户的消息传出不久，县委常委、宣传部长王天福就来了。他一见我就说："忠文，有人告了你的状，说你要搞包产到户，是不是事实？"

我说："是事实。"

"你也太胆大了，谁让你这样干的？"

"我让我这样干的，你说不行吗？"

"当然不行了！"他是以关心我的角度，自行来的。因而，他十分认真地说："这样干，会带来两个害处：一是你本人要吃亏；二是会给县委抹黑，造成不良影响。"

王部长之所以主动上门来指点我，是因为，当年他当团县委书记时，我曾在他身边工作过。

从王部长的话语中，我意识到，对于我搞包产到户这件事，多数领导是反对的，不过，县委张书记的态度却不明显。家有千口，主事一人。只要能够得到张书记的支持，我们就算闯过了这一关。这时，有人建议给张书记写一请示，让张书记批复。大家一致认为，这一建议提得好。

四

这天，空中飞舞着雪花，还刮着阵阵北风。我正在聚精会神地写请示，意想不到的是，我的一位老同学韩兴贵（长治县荫城镇人）来了。他给了我一个意外惊喜，因为我们俩人快十年未见面了，如今一见，那真是要乐死人哩！于是，我边给他拍打着身上的雪花，边问："韩老兄，是什么风把你吹来了？"

韩老兄触景生情地说："风雨送春归，飞雪迎春到，我就是专来为你迎春的。"

我们寒暄了几句,就言归正传,他问我:"你是不是在搞包产到户?"

我说:"是啊!你怎知道的?"

他是个胆小怕事的人,一听说我真的要搞包产到户,头上就冒出了冷汗:"梁老弟,你真够胆大呀!"他告诉我,有一天,他出街买喝猪汤(荫城特产),碰上一个壶关人,问起我的情况时,那人说:"你问的就是那个梁忠文吧?哈!——那人的胆量,可真够大啦!现在是西庄公社书记,听人说,人家要推倒大队,搞'包产到户'哩!"

他听到这一情况后,立刻就忆起1958年,去浙江探亲之事——他有个朋友,在浙江温州地区永嘉县工作。1956年春天,因参与搞包产到户,曾受到过严重处分。说起这件事,够可怕的,他觉得必须立即转告我,要我千万记住这一血的教训。他来之前,还翻箱倒柜地找出那年从永嘉县带回来的那张《浙江大众报》(温州地委机关报)。说到这里,他就将那张变了色的报纸掏出来给了我。

我细细一看,才知道这件事,是由永嘉县委副书记李云河同农工部干事戴洁天引起的。他们俩,到燎原乡搞调研时,发现这里的农民对"包产到户"的要求很强烈,就引起了李云河的高度重视。此刻,曾经在上海读过大学的戴洁天,又向李云河推荐了一本苏联出版的刊物,上面介绍了20世纪40年代的几个集体农庄,曾对庄员试行过以固定地段计件制的特殊形式,即联产计酬。苏联也曾这样搞过,我们何尝不行?因而,更加激发了李云河搞包产到户的积极性。他们在燎原乡经过试点,非常成功,不仅在本县展开推广,还影响到邻近的几个县。这一来,闯下了弥天大祸,说这是反革命行为,是破坏合作化,必须打倒"包产到户"。当时,正处于"反右"斗争,凡参与到包产到户的人,都被卷入到反右运动中。这样一来,使一大批人都受了害:县委副书记李云河受处罚最重,除被撤销党内外一切职务,开除党籍，由行政 15 级降为 19 级外，还给戴上右派帽子，下放到工厂劳动改造；县委第一书记李桂茂，因对包产到户点过头，表过态，被划为"中右"，也被撤了职，由行政 13 级降为 16 级；县委农工部干事戴洁天，因是燎原乡搞"包产到户"的急先锋，不但被打成右派，还戴了一顶"现行反革命分子"的帽子，开除公职，判处管制 3 年，押回原籍劳改。在积极主张包产到户的农民中，被判刑者不下 20 人，其中有一位叫徐存适的年轻人，因为在群众大会上高喊"包产到户就是好"，便罹获"破坏合作社"的罪名，被判刑 20 年，死在监狱里……

韩老兄见我看过报纸后，才深情地说："你看清了吧。我跑百里远来找你，为的是什么？不就是为了你吗？永嘉县发生的事情太可怕了，那时，只不过是为巩固合作化，就动了这样大的杀法！如今呢？全国合作化已经 30 多年了，集体经济已经巩固了。在这种情况下，谁敢破坏？你敢吗？这不是鸡蛋碰磙子，一碰，就碎了吗？如果你不听话，偏要去干，你的下场就与戴洁天一样了……"显而易见，他是不愿让我搞包产到户。

我思谋了好一阵子，说："老兄，你的心尽到了，你的情我领了，但是我已经是骑虎难下，只好在山西当个'戴洁天'了……"我把详情向他讲清后，他满含担忧地说："老弟呀！碰运气打彩吧！也许天空会出异彩，老天爷保佑你！"这时，他严肃地对我说："可是我要提醒你一句，千万不要给县委添乱子。尤其是你们县的县委书记，听说人家才三十几岁，又是北大高材生，绝不能让人家跟上你栽跟头，学了永嘉县的李桂茂……你要好汉做事好汉当！"

糊涂人，就怕一指点。韩老兄的建议，太重要了，太及时了。张书记本来就是担着风险，像硬地拔葱一样，硬把我拔起来的。如今，我要闯乱子，还要把张书记拉进去，像永嘉县的李桂茂一样，去栽跟头，我的良心哪里去了？我还怎样去见张书记？我在壶关还怎样当人哩？想到这里，我便将写成的请示，撕了个粉碎。我决心要一人做事一人当，背着张书记搞包产到户。

五

可是，这简直是天方夜谭——这包产到户，只搞一两个大队，还可以设法掩盖住。而全公社14个大队都要搞，要涉及到3700多户，14000多口人，有谁能捂住这么多的嘴巴呢？再者，张维庆同志年仅36岁，是个很年轻的书记，天天在乡下跑腾，又是我们公社的常来客，哪能够避开他呢？于是，我们党委一班人都发了愁。

然而，这天下就有这样的巧事。就在这时，听人说，张书记到太原开会了，要待半个月，再过10天才能回来。这真是苍天留情，福星高照，给了我们一个偷干的机会。在这10天里，我们必须完成全部包产到户的任务。

10天时间，非常珍贵，一分钟也不敢浪费。前两天，是大张旗鼓地进行思想发动与准备，连续召开了三个会议：全公社干部会、全公社党员会及大小队干部会。要求各大队，在五天之内，必须澄清人口、土地及亩产量等，按人口分地。

就在这两天开过这三个会议之后，就引发了一场巨大的风波，不仅刮进县城，刮进各机关单位，还刮到了全县各地，人们到处都在议论：说西庄公社真胆大，竟敢在光天化日之下摧毁集体经济，分田到户；说县委实在是把关不严，不该提拔梁忠文为书记。此时，有不少人直书县委，要求赶快下令制止，万万不可忽视。尤其张书记不在，在家常委负不起这个责任，绝不能让西庄公社闯下这个乱子。

进入第三天，各大队刚刚开始丈量土地，县委就派来两个人，说："你们干的太出格了，在家常委说了急话，要求你们立刻停止。如不停止，等张书记回来，就要重处你们；眼下，地还没有包下去，还来得及纠正。一旦包下去，就覆水难收了。"

我说:"会,已经开了,话,已经讲了,广大社员,都知道了,我哪里还敢反悔呢?"这两个人的到来,包产到户不但没有停止,反而更加加快了包产到户的步伐。

进入第四天,县委派来了冯发富同志,他是县革命委员会副主任(相当于副县长),他也是我的老领导:他在翠谷乡当书记时,我是乡团委书记。因而,他本着实事求是的态度来说服我:"当初,你在西庄搞包产到组,就是错误的,如今你又在这里搞包产到户,就是错上加错!这样干下去,十分危险。"他见我没有明朗态度,心里就很生气,临走时,警告我:"我看你要吃大亏哩!弄不好,就会坐班房!"

我以为,经过这两次的"顶",县委就不会再派人来了。想不到,进入第五天,竟发生了一件"怪事",这天一大早,我爱人张书英就领着两个不懂事的孩子来了,一见面,她就气愤地说:"你干的好事呀?你吃了豹子胆啦?我也不和你生气,咱离婚吧!我把这两个孩子交给你……"她说着,就把小女儿兰芳,小儿子梁军,一齐推到我身边,两个孩子"哇"的一声都哭了,他们分别抱住我的两腿说:"爸爸,妈妈不叫你干坏事,你得听妈妈的!我们不能失去爸爸!"孩子们这么一哭闹,惊来了不少人,大都是公社干部,我爱人觉得没意思,赌着气,拉起孩子就走了。显然,这是有人搞了"小动作",挑动了我爱人。

我以为,爱人闹了这么一场,也就过去了。想不到,在次日上午,八十岁高龄的老娘从老家打来电话,说自己病重,要我立即回去。半月前,我去看老娘,还是好好的,为什么这病就来的这么急?我猜想,定是我爱人把我的事情告诉了我老娘。老家离此将近80里,因交通不便,只得骑自行车回去。于是,我放下电话就动身,摸了个大黑,才回到家。老娘见我摸着大黑,冒着满头大汗回来了,哪能不心疼呢?经老娘一说,果真是爱人透了气,说我不听党的话,搞包产到户,要犯大错误哩。当我把包产到户的详情,讲给老娘后,老娘却说:"孩子,你做得很对,咱是穷人出身,在旧社会吃尽了苦头,要不是共产党、毛主席来得快,连你的命都保不住。今天,你当了老百姓的书记,你不救老百姓,谁救老百姓?"老娘不但不反对我,反而鼓励我,使我浑身充满了力量!我从未想过,还有家庭这一关。不过所幸的是,我又闯过来了。

尽管还有一大关就是张书记,但是,他还在太原开会。可以说,眼下不会再有什么干扰了。我们必须抓紧、抓紧再抓紧。这样,到第七天的下午,就全部按时完成了包产到户任务。因而,大家高高兴兴地喝了一顿庆功酒,还放了挂千头鞭!

感悟：回避与保护

我为什么要避着张书记搞包产到户呢？道理很简单，全国都在学大寨，山西学得更厉害。在这种情况下，我偏要去搞包产到户，谁敢说，这不是一件可怕之事？尤其，我的一位老同学，又给我传来一条可怕的消息：说浙江省永嘉县，曾因有人搞包产到户，使很多人都犯了错误……如今，我向张书记汇报包产到户的事情，让他来批准我，这不纯粹是让领导犯错误吗？

在关键时刻，下级保护上级，这是天经地义之事，这是一个共产党员、革命干部应尽的责任！如果在这个节骨眼上，你不是保护领导、爱护领导，而把领导推进火坑，你将会被淹死在众人的唾沫里。

张书记把我们
当作农村改革"试验区"

我避着张书记搞包产到户,从主观上讲,是想保护他,是想一人做事一人当。其实,这却是一种幼稚的想法、狭隘的观念。因为,从客观上讲,这件事已经形成了事实,已经在全县造成了一定影响,已经引起了多数领导的反对。在这种情况下,一定会有人向张书记告我的状,引起张书记的重视,让张书记表态。他会表什么样的态呢?他绝对不会虎二马三地下结论。一旦认定我的做法是对的,他就会慷慨地点头,支持我!这是他的人品、素质所决定的。然而,天有不测风云,事有千变万化,也许这一点头,就点坏了,就会由我把他推到风口浪尖上,就会给他带来不可设想的后果。因而,我希望他能够把风险转移到我头上。

一

十天之后,张书记开会回来了。他一进门,就有人告我的状,说我太胆大,太莽撞,竟敢在光天化日之下,实行包产到户,公开破坏集体经济。这要传到地委或省委,咱们壶关哪能吃得消?

他们说，打蛇先打头，抓人先抓首，应先抓梁忠文。他带头搞包产到户，已经构成犯罪，抓他没问题。只有先抓了他，另派他人去任职，才能把这场"暴乱"平息下来。如不能果断处理，一旦传播到别的公社，就会引起连锁反应，也会一样地搞开包产到户。

这一问题，引起了张书记的深思：在现阶段，中国最大的问题，是农民的吃饭问题。从西庄公社传来的"包产到户"问题，恐怕正是在解决吃饭这个问题。我们不调查，不研究，不分青红皂白地就打击，哪能这样莽撞？

于是，张书记召开了常委会，他十分冷静地向大家说："我曾经说过，梁忠文做了违犯党纪国法的事，不但可以马上撤职，还要依法处理。问题是，现在已不是"文革期间"，对人，想抓就抓，想放就放；如今，已是拨乱反正，依法治国的年代。抓人，抓对了，好说；要是抓错了呢？该怎么放？在目前形势下，全国正在继续贯彻十一届三中全会精神，梁忠文的做法，是对？是错？很不好说。邓小平同志不是让摸着石头过河吗？你说他是公开破坏集体经济吧，反过来说，也许是对的，也许正是认真贯彻落实三中全会精神，用什么办法能把粮食生产搞上去，就用什么办法。因此说，一切结论，应该产生在调查研究的末尾。我要亲自去考察，有什么问题，等我回来再说。"

次日上午，张书记就来我们公社了。这虽是个晴空万里的好日子，但在我的心里却感到阴云一片，很痛苦，很沉闷。我心想：张书记呀，张书记，你为什么这样傻？难道说，你就不知道这里是火坑吗？你偏要往这火坑里跳吗？一旦发生类似永嘉县的"事件"，我还怎样在社会上当人呢？可是，你来了，我也只好将实情向您汇报。

无论怎么说，我都得把责任揽在我身上。不过，对于这一问题，尽管我想得很透、很深，已做了充分准备，愿承担一切责任，但也得客观地、实事求是地一一说清，总得让张书记真正地认识我，了解我，知道我为什么要这样干。

为了向张书记汇报好，在汇报前，我搞了个"小动作"，就是一口气喝了三两汾酒。这一下，我的胆壮了，思想解放了，敢说敢道了，满腹的激情话，全涌到了嘴边。但是，我却坐在远离张书记五米远的客厅窗下（不能让张书记闻到酒味）来汇报。

我是从起因、经过与结果，往下汇报的。我边说边看着张书记的脸色：他仍和以往一样，温和而慈祥。我万万想不到，他却是越听越想听，越听越动情。最后，他高兴地说："很好，很好，你的汇报且说在这里，我想下大队走访走访，你要给我选择好、中、差三个类型的大队。"

张书记的心情虽然看起来很愉快，但我仍是心事重重……

二

我们走访的第一个大队是西庄。西庄是全公社最穷的一个大队。我让他们抽了三种代表：大队主干、生产队长、老小社员，要求总数不超过20人，结果来了40多人，代表以外的人，就占了一多半。他们都是带着"心事"来的。

我和张书记一进门，他们就拍手欢迎，张书记向大家招招手说："我是初次来，大家不要客气！"

"正因为你是第一次来，我们才要欢迎你！"几个代表不约而同地说。这是因为多年来，大家从未见过县委书记来大队开过座谈会。既然是张书记亲自来了，自然要解决大家最关心的问题。

这时，我向大家说："今天张书记来，正是要了解包产到户问题，看看大家有什么意见？"这一说，就像砂锅炒豆子，大家七嘴八舌地吵起来，谁也听不清说的是什么。等他们吵了一阵后，我才要求他们一个一个地说。

这时，第一个要求发言的是社员王双才，他说："包……包……

包,包产到户,好是好,就怕……怕……怕,再把咱老百姓,掏……掏……掏了!"

张书记听不懂这个"掏"字是什么意思,便问:"什么叫掏?"这一问,引起大家哄堂大笑。

支书吴火存,深知王双才是个"急舌子",越急越说不清,便赶忙解释道:"他是个'急答舌'。他说的这个掏字,是咱老百姓说的一句土话。按官话说,就是上当受骗的意思。"

社员王永庆,没等支书说完,就抢着说:"一朝被蛇咬,十年怕井绳。那年,梁忠文同志带领整党工作组,来这里整党,见我们大队穷得叮当响,就把整党变成整粮,就把9个生产队划成27个作业组,实行了包产到组。那个时候,我们可高兴啦,大家都是起早贪黑的下地劳动。积极性很高,一心想落个好收成,填饱肚子。正当千亩粮田,已显现出一片丰收景象时,县里一道命令,就撤走工作组,破坏了作业组,重新并回到生产队。"

这时,社员张士忠接上说:"如今,又是梁忠文来了,又是他搞了包产到户,这当然更好了,老百姓更拥护了,但是,怕就怕又像那年一样,地里的庄稼也长好了,县里的命令就又来了。又该调走梁忠文,合并回生产队,再吃个大掏!"这时,大家又一次笑了。但是,张士忠还补充了一句:"张书记,我们穷怕了呀,真搁不住再折腾了!"

经过大家发言,张书记才知道,这里就是我当年搞包产到组的大队。从发言中看,张书记的观点更加明确:一是,凡定了的事情,又是广大群众特别满意的事情,万不可轻易改变。从作业组的出现到拆散,深深刺痛了大家的心,一提起这件事来就心痛!如今,又搞了包产到户,虽是大家更加满意,但却使大家更加担心。二是,凡来这里工作的人(特别是公社书记),只要他是一心为公,心系百姓,又卓有成效,又深受群众拥护的干部,就要长期稳定。凡是不干工作,不担风险,又不从实际出发,又在群众中造成不良影响的干部,必须及时调整。这应该成为今后使用干部的一条底线。

面对这两个问题，张书记很高兴地对大家说："第一个问题，关于包产到户，人家应当明白，时代在变化，形势在发展，新的'皇历'已出现，旧的皇历已作废。如今，我们是按照党的十一届三中全会精神去工作的。邓小平同志已明确指出，要我们解放思想，开动脑筋，实事求是，一切从实际出发。今天的包产到户，正是体现了三中全会精神，正是解放思想，实事求是的结果。所以说，包产到户，是当前农村经济体制改革的必由之路。第二个问题，关于稳定干部问题。你们指的是梁忠文，咱就说说梁忠文。你们之所以欢迎他、拥护他，希望他来，正说明他是个干事业的、敢创业的干部。他在这里搞包产到组，就是一个证明。我们之所以把他调整到这里，并给他安了书记，也正是想让他在哪里跌倒就在哪里起来，还给你们一个公道，也还给他本人一个公道！让他长期住下来好好工作，去创新业。如今，在很短时间内，他就搞了包产到户，这足以证明，他又走出一条新路！所以说，我们不会轻易地调动他，请大家放心！"

张书记的话，如同"定心丸"，句句讲在了大家的心坎上，一时间，掌声四起……

张书记临走时，大家纷纷表示，决心要好好干，希望张书记秋后再来看看。

三

我们走访的第二个大队，是李掌大队。这是个工作一般化的大队，我让大队同样抽了三种代表来座谈。因为这里没有西庄大队的那种包产到组的挫折，对包产到户期望很高。再说，张书记是第一次来，亲自召开座谈会，大家的心情特别好，都是积极地发言。

第一个发言人是吴德则，他说："包产到户后，肯定能增产，我从自留地上就能够推算出来，一分自留地能打100斤，而一分集体地打不上40斤。原因是，大家都把自留地当作亲生儿，总是加工、加肥、加水，好上加好；而把集体地看作后儿子，总是工差、肥差、水更差。如今，把集体地都包在了户下，自然就都变成了亲儿子，就都要一样对待了，哪能会不增产呢？多了不敢说，亩增150斤至200斤，不成问题。"

第二个发言人是刘有根，他说："包产到户后，肯定会省工。集体地，是出工迟，收工早，一天做不上半天活，而且是上地一条龙，做活一窝蜂，你站着，我坐着，打不下粮食大伙饿着。一年算下来，一亩集体地，至少得投到30个工，还耕种不好。如今，包产到户后，大家像出笼的鸟一样，有用不完的劲，从早到黑，一天干的活，至少能顶过去的两天。一亩地用不了10个工，就会把地给种好。"

第三个发言人，是支书崔松发，他说："包产到户后，出现了一个新问题，就是省出了大批劳动力，无事干。我算了一笔账，全大队过去耕种着1800亩集体地，每亩地以投工30个计，年投工在54000个。而全大队有劳动力300个，以一个劳动力年投工250个算，就需220个劳动力，只能剩余80个劳动力。而今，包产到户后，一亩地只需投工10个就能种好。用70个劳动力，就能种好这1800亩地。全大队将有230个劳动力无事干。显然，不给他们找出路，他们就会坐起来。"

通过几个人的发言，张书记又明白了两个问题：一是保增产。包产到户后，肯定能增产，尽管他们是用自留地的产量来推断，但也推断的合理。二是保增收。"包产到户"省出了大批劳动力，将为大力发展工副业生产，增加社员收入，打了一个很好的基础。也就是说，一个"包"字，要解决两个问题：一是吃饭，二是收入。

最后，张书记高兴地说："你们讲得很好，在保证解决吃饭问题的同时，也要解决收入的问题。可以说，这是一举两得，双喜临门。

但是，面临的一个大问题，就是要积极地开辟工副业门路，尽快给大批剩余劳动力，找出路。"

四

我们走访的第三个大队是常平。常平大队怎样呢？有人编了一首顺口溜：西庄公社两盏灯，一在西来一在东，西边指的是集店，东边说的是常平。用不着详细解释，也知道常平与集店是并列第一。张书记也是第一次来常平，支部书记宋刘富特别高兴。因为这里是我们公社"包产到户"的发源地，是宋刘富亲自搞的。今天，张书记亲自来听"包产到户"的汇报了，正合了宋刘富的意，即便是"包产到户"搞错了，也得竹筒倒豆子，实话实说。他并没有按照公社的安排，抽三种代表来座谈，而全叫的是包产到户的社员代表，因为他们都是亲身经历者。因而，会议一开始就推向了高潮。这个说，我包过一亩山坡地，包产指标是 250 斤，我打到 450 斤；那个道，只要把土地包到户，我们就都能吃饱肚。还有的是针对大锅饭造成的不良后果而发言：要想过长江（中央农业规划指亩产 800 斤），就得种高粱。高粱涩又寒，吃了就肚胀；亩产达纲要（指亩产 400 斤），不达就虚报。年年吃不饱，吃了人家河南的猪饲料（河南人把喂猪的红薯片卖来山西）。他们的发言，如同连珠炮，一个接着一个说，一个比一个说得好，说得张书记一直笑。

宋刘富没有想到，大家说得这样好，把张书记都说笑了。无形中证明：张书记已认可了他们的包产到户。因而，宋刘富的眉头展开了，心花怒放了，他面向大家，一笑再笑。

这时，大队主任陈胖东说："我们大队的三类田，变成小锅饭，亩产就能多打 200 斤，增幅近 80%；而一二类田，如果都变成小锅饭，亩产 500 斤，不成问题。如按地的好、中、差搭配算账，平均亩增150斤准能达到。我们大队共有1900亩耕地，现已全部包产到户。预计年增粮食将要达到28万斤。按1300口人分，每人就可多吃到210多斤。加上常年分配的口粮300斤算，每人就能吃到510斤。"

这时，宋刘富接着说："我回忆了一下，从1958年人民公社化大跃进以来，这农业生产就一直上不去了，亩产量长期徘徊在400斤左右，算到如今，已经过去22个年头了。如按胖东的算法算，一年少收28万斤，这22年，就要少收616万斤。这是一个多么惊人的数字啊！我们仅是一个大队，22年就造成了这样大的损失，何况一个公社、一个县、一个省，甚至全国，要造成多么大的损失？谁能算出这笔惊人的账来？所以说，这大锅饭，实在是不能再吃了。"

张书记听到这里，心情非常激动：常平人不仅用铁的事实，说明了包产到户的成功，还算出了一笔惊人大账。这账算得多么好？多么教育人？他们算的是一个大队，而我们应该算算全县，全县是30万亩耕地，包产到户后，亩增粮只以百斤算，就是3000万斤，20万农业人口，人均就是150斤。

最后，张书记高兴地说："你们用活生生的事实说服了我，教育了我，鼓励了我，这是我今天的最大收获。希望你们要好好干，秋后，我来和大家一同庆丰收！"

五

回到公社，张书记深情地对我说：今天，我走访了三个大队，越走访越开心，越走访越眼亮，越走访思想越解放。实践证明，包产到户，确实是现阶段解决广大群众吃饭问题的灵丹妙药，是一条必经之路。这是我来壶关工作以来，最高兴的一天，最满意的一天，收获最大的一天！这一天，使我进一步看清了问题，看明了方向，看到了希望。忠文同志，我打心眼里说，你这步棋走对了。你的想法和做法都是对的，都是符合三中全会精神的。

现在的问题，不是支持你们不支持你们的问题，问题已经升华了：我要亲自包你们公社，把你们公社作为我指导全县农村改革的"试验区"。今后，壶关农村的改革，能不能顺利进行，会不会健康发展，你们公社将起着重要的引导作用。因而，希望你要有超前意识，要有敢为人先的思想，要做前人没有做过的事，要走前人没有走过的路；希望你要有全局观点，要开阔胸怀，放开视野，站在西庄，看到全县，为全县的农村改革，闯出一条新路，摆出一个样板；更希望你，要学习学习再学习，特别是三中全会精神，必须学好、学深、学懂。特别是邓小平同志的讲话，更是当今社会前进的指路明灯。只有把三中全会精神学到手，你的思想才会更好解放，你们的改革才会更好发展。

张书记走后，我回味了一下，可以说，这一天是我最愉快的一天，最满意的一天。这是因为：今日张书记的来，我既是背着包袱，坐以待毙；又是抱着保护张书记的心态，时刻在试探他……事情的发展恰恰相反：在这一天的考察中，张书记的情绪很好，不仅没有指责我们、批评我们，反而肯定了我们的成绩，表扬了我们。并且还把我们公社定为他指导农村改革的"试验区"。显然，他是谋划着，要在全县大搞"包产到户"。

这说明，张书记对三中全会精神学得早，吃得透，用得准。正如他自己所说：作为一个县委书记，必须是解放思想，实事求是，一切从实际出发；必须认清形势，看准方向，勇敢地站在改革开放第一线；在山西，必须抗住学大寨这个政治压力，打破大锅饭，去实行"包产到户"。

张书记的言行举动，深深启发了我，教育了我，鼓舞了我。使我感到，思想上所产生的一些糊涂认识与"怕"字，仍是自己对三中全会的精神，学得不好，吃得不透，用得不准：听风就是雨，盲目去信服。正如张书记所说：时代在变化，形势在发展，新的"皇历"已出现，旧的皇历已作废。因而，我一定要按照张书记为我提出的"三个希望"，去努力，去奋斗！一定要为壶关办好这个农村改革"试验区"！

感悟：上底与下底

我总认为，在山西这个特定的环境中，搞包产到户，是相当危险的。但是，不知为什么，张书记却是大胆地支持我们，保护我们。从他的言谈举止中，我终于理解了他，这就是他对十一届三中全会的精神学得好、理解得深，他吃透了两个底：从上吃透了中央底，从下吃透了农民底。包产到户正好体现了中央与农民的共同愿望，正好形成了"上下合拍、合力而成"的农村大改革。

50年代中期，永嘉县的包产到户之所以遭到失败，正是因为他们只有下层农民这个底，而没有中央这个底。在当时，中央的指导方针是大办农业合作社，走集体化道路，而永嘉县却要包产到户，分田单干，这与中央正好是"上下不合拍，唱出对台戏"。

张书记要我们走好农村改革第二步

1981年,阴历正月初九,是春节假期后上班的第一天。这天早上,我虽然起得迟了点,但也没有超出八点。我刚端起饭碗,想不到,张书记就来了。他一见我就高兴地说:"怎么,我来早了吗?"

"不早,不早,是我起得迟了!"我边回答边想:正常情况下,县里的领导们都应在元宵节之后才要下乡。可是,张书记为什么这时候就来了?我放下碗,把张书记领进我的办公室,没等我开口,张书记就先说了:"你给我出的那个题目,总算找到了答案……"

一

这是怎么回事呢?事情是这样引起的……

去年的腊月29日,张书记初步了解到,全县的20个公社书记中,就有12个在城里过年。他感到,在乡下的书记来不及看了,但在城里的,必须上门看看。看他们有什么困难需要解决。看他们有什么事情需要帮忙。

这天上午他看了八家,午饭后继续看另外四家。我家因为住的比较偏僻，又不顺路，到最后才来看我。可是，张书记来了，我却还在公社没回来。张书记说："后天就是大年了，怎么还没回来？"我爱人说："人家啥时候也是忙工作哩，大概总还是有事吧！"这时，张书记二话没说，调转车，就直奔我们公社来。

我之所以没能回来，是因为慰问出了问题。年终慰问，按照县里的安排，虽然早一个礼拜就进行了，但是有些事，总使自己忧心忡忡，坐卧不安。这就是前几天党委秘书申玉祥向我讲述了这样几件事，使我心酸得很：第一件是，有个社员偷偷跑到河南某地，给人家烧砖，挣下500元钱。过年了，他去向主家要钱，主家除不给钱，还让自家的狗咬伤他的腿，他只能流着血回来了；第二件是，有个社员，因给母亲看病，没有钱，就偷偷地到医院去卖血。结果，血卖的不少，自己的身体也垮了，母亲也没救下；第三件是，有个社员，因老婆病故，一人养着三个子女，养不住，就把五岁女儿带去邯郸，想送给一个亲戚家。因亲戚家不要，他没了办法，就把孩子哄到车站，给孩子买了个饼子，说自己去小便，就含着泪花，把孩子扔在那里回来了……

作为一个公社书记，作为万口人的"父母官"，我听到这些苦事，哪能不心酸呢？县民政局虽也发了一些粮、款、物，但也很难解决所有特困户的困难。因而，我放心不下，就召开支书会，要他们好好了解一下有多少特困户过不了年，要他们先到信用社贷些款（我已给信用社打了招呼），来解决特困户的燃眉之急。为保证这一问题的落实，我是带着信用社主任，一队一队去查的。

张书记来到公社，一见我就说："忠文同志，工作再忙，也不能忘了过年呀？"当我把这些心酸事向张书记讲了后，张书记更加意识到，这就是将要进行的农村改革的第二步。他说，第一步是解决老百姓的吃饭问题；第二步，就是解决老百姓的收入问题。而要走好这第二步，关键的一条，就是要大力发展工副业生产。这样一来，正好回答了李掌大队支书崔松法所提出的：包产到户后，将要出现大批剩余劳力的问题，这是发展工副业生产的人力资源。公社已把土地包产到户了，我相信，今后的吃饭问题，应该说是没问题了。目前的问题是，要努力走好农村改革第二步。

张书记这么一说，我也认识到了这一步。可是，我细细想了想，发展工副业生产，在我们这里，却是先天不足的。于是，我便开门见山地说："张书记，你是不知，西庄公社基本上是个平川区，山上无树木，地下无资源，吃水还得靠老天。可以说，金木水火土，五行就缺了四行，只有土不缺。全公社两万多亩土地，80%是平川地。在这样一个环境里，如何去发展工副业呢？"面对这一问题，我向张书记提出了要求，要他为我们想想办法，出出主意。

张书记说："办法可以想，但现在的问题是过年。听说你家里还有个八十多岁的老娘，总得把老娘接回来呀！"于是，与张书记一同回到县里后，张书记便把他的车让给我回家接老娘。

二

张书记把我提的要求牢牢记在心里，一直在琢磨。后来，他突然想出一个办法，就是要在全县的389个大队中选"状元"。尽管全县的劳动日价值都很低，绝大多数大队都停留在3角至5角钱之间，但是，总会有"冒尖队"，总会有他们的增收门路，总可以做参考。一旦能为西庄公社这个五行缺四的地方，引出一些快速发展的好项目，将会又给全县摆出一个最有说服力的好样板。因而，在春节期间，张书记经过翻阅去年全县各大队增收排队表，终于查出一个"状元"大队，这就是集店大队：一个劳动日要分到一元钱，高出全县平均水平的一倍多。尤其，集店又是个拥有700多户，2800多口人的大村大队。在这样一个大队里，一个劳动日能分到一元钱，实在是不容易。

这是为什么？"谜"在哪里？

张书记是个雷厉风行的人，为了弄清这个"谜"，这一天下午，他就直接来到集店大队，让支书回答这个问题。这个支书是个爱动脑筋的人，他不愿在桌面上汇报，而是来了个直观"教学"，他把张书记领到村南的一个沟边上，来看一个"暗藏"企业——机砖厂：这个厂，紧靠一条深沟，沟边有块地，在地中间建了一座长方形、18个窑门的轮窑，窑中间竖起一个20米高的大烟囱。面对这个场景，支书开始介绍：这是参照长治市东关国营建材厂，用创新办法建成的。这是因为东关建材厂是流水作业，一条线生产（机器压出砖坯，就进隧道窑，边烘干、边烧，出来就是成砖），年产砖在5000万块以上。而要建这样一座机砖厂，其投资就得200万元。可是，在当时的情况下，有谁能拿出这样多的钱呢？有哪个信用社能贷出这么一笔款呢？可是，大家又都认为这是一项发展经济的好项目。又想出机砖，又不想花大钱，这该怎么办呢？就在这时，有人想出一个半土半洋的好办法：砖坯，用机器压；烘干，靠太阳晒；烧砖，进轮窑（窑里点火，顺窑走，替代隧道窑）。建成投产后，很成功。

建这样一座机砖厂，只需投资10万元就够了，只占东关建材厂投资总额的5%。而年产机砖却在500万块以上，要占到东关建材厂年产量的10%。一个砖4分钱，全年的纯收入就是10万元。而集店大队共有500多个劳动力，年投工以15万个计，只拿砖厂这一项收入算，一个劳动日就要达到7角钱。

张书记越看越想看，越听越高兴，深感这项企业抓得好。可以说，在目前，这是一棵见效最快的摇钱树。然而，张书记却提出一个问题："你们大队，一马平川，条件很好，为什么偏要把这机砖厂建在这沟边，不让人看见呢？"

"我们顶不住'批资'啊！"支书笑了，他敞开思想向张书记说："您是个思想解放的领导，我就敢给您说实话。要不，我就不会把您引到这里来。这座机砖厂，是三年前建的，当时，农村正在搞整党，整党内容是'一批双打'（批判资本主义，打击贪污盗窃，打击投机倒把），在这种情况下，只能偷偷干，只敢建在这沟边。"

这一说，张书记才明白了真相。面对这种情况，张书记马上就鼓励他们，要他们解放思想，敢想敢干，锐意进取，再在这机砖厂上作文章。

这时，张书记猛然想到：集店，不正是西庄公社的一个大队吗？这样一个好典型，摆在你梁忠文面前，难道说你就没有发现吗？为给你们想办法，我从找"状元"大队入手，翻阅了一大堆表格，反而找到你们公社来了，这不是天大的笑话吗？回头，张书记又想到：梁忠文是个新上任的书记，工作热情很高，一上任就忙于搞包产到户，一定是还没有顾上考察各个大队，自然还没有发现集店大队这个典型，应当情有可原。张书记认为，随着时局发展，这把"黄土"必须早抓、大抓和硬抓。这也和打仗一样，该早打就得早打，先走一步天地宽。因而，张书记等到今天的上班日，不到八点，就驱车来了。

三

张书记向我这么一讲，我才知道我是顾此失彼，有眼无珠，不知"金山"就在眼前。

张书记说："你不是说，你们公社是只有黄土吗？现在正是需要你，抓住优势，先用这把黄土打天下。你不要小看这把黄土，黄土如黄金，尤其在你们公社显得更为重要。可以说，这把黄土将是一棵见效最快的摇钱树。谁家栽，谁家富；谁家不栽，谁家穷。可以说，这是打开农村二步改革的第一炮。这一炮打好了，不仅会推动你们公社工副业的发展，还会影响到全县，都来抓这把黄土，都从这把黄土上起步。"张书记对这把黄土，为什么看的这样重要呢？这是他经过深入调查后，得出的结论。因而，他深刻地向我们讲了三点看法：

第一，要看透形势。他认为，三中全会的强劲春风，一定会吹进长治市。长治市既是山西的要市，又是太行山上的英城，更是上党盆地的明珠。长治市一定会大起步、大发展、大建设。一旦开建，机砖自然是重要建筑材料之一。这样一个重要城市，要大规模地建设，你能知道要用多少砖吗？这将是一个无法计算的庞大数字。你们应当把长治市看作一个大市场；把机砖当作一棵很大很大的摇钱树，下大力气，组织大家拼命上阵，共同奋斗，闯出一条致富路。这虽是我的预见，但不会错了。这是客观存在，形势所逼，长治市必然要发展到这一步。只要先走好这一步，先抓好这一把"黄土"，就会打开一片新天地。

第二，要看清优势。面对长治，据他观察，我们公社的优势是绝对好。甚至比长治市市区四周的条件都好。这是因为，有四个有利条件：一是，我们公社紧挨长治，相距不足十公里；二是，公社位于长壶公路之边，交通十分方便；三是，地形高于长治，居高临下，运输特别省力；四是，我们公社的土质特别好，是烧砖的最好原料。因此说，我们这里有得天独厚的优势。

第三，要看准机遇。张书记认为：尽管十一届三中全会已经开过两年多了，但是，由于大锅饭的思想已根深蒂固，很多地方思想还没有解放，还处于僵化状态。拿长治市市区说，据我观察，大都还沉睡在学大寨的朦胧之中，还是只抓粮食生产，不抓工副业的发展。如果是这个局面，这正好是给了我们一个大干快上，超越别人的大好机遇。抓住这个机遇，狠抓机砖厂建设，力争在一两年内，建起十至二十座机砖厂。正当长治市展开大规模建设时，这个大市场正好被我们所占领。可以说，我们的机砖产多少，就会销多少。如果能建起20座机砖厂，年产砖能上到一亿块，产值上到400万元，只这一项，我们公社的人均收入就会达到300元，超过去年人均收入70元三倍多。

接下来，张书记又讲了三条建议：

一、要我们亲自到长治市四周做一番考察，看他分析的情况是否准确，如果分析得准确，必然会促使我们立马行动，奋力拼搏，早日去占领长治市这个大市场。

二、要我们澄清家底，看到困难，在一穷二白的情况下，发扬自力更生、艰苦奋斗精神，力争在今年就建成10座机砖厂，打响"进军"长治市的第一炮。为什么要自力更生？据说你们公社各个大队都欠信用社贷款，而且款额较大，人家不敢再贷给你们，你们就必须靠自己。

三、要我们把技术放在第一位，千方百计把好砖的质量关。绝不可"萝卜"快了不洗泥，倒了招牌砸了锅，劳民伤财。

四

遵照张书记的意见，元宵节过后的第三天，我就和企业管理员闫云山等人骑着自行车往长治出发了。我们先从东门口开始，往南行，再往西行，再往北行，边走边看边访问，仅仅用了半天时间，就绕市区转了一圈，看了十多个村庄。所见情景，正如张书记所预测的，还是上地一条龙，做活一窝蜂，继续吃着大锅饭。别说办机砖厂，就连古来的小土砖窑，也寥寥无几。在掌握了这些情况后，我们还多了一个心眼：跑到长治市规划办公室，去问城市发展情况，他们热情地告诉我们：长治市规划了几条大街，还都是平地。在三中全会指引下，城市建设很快就会开展。我们不但需要大量的机砖，还需要水泥、石子、石粉等，只要是你们农村所有的建筑材料，我们都会用。

同时，我们还跑到长治市东关国营建材厂去访问。他们的负责人向我们介绍说，因为土的缺乏，他们的建材厂寿命已经不长了，顶多再坚持两三年就得停产。这说明，天时、地利、人和，都在为我们创造条件。

我们从长治四周考察回来后，深感张书记为我们揩的"先抓一把土"的课题好，深感张书记对长治市这个大市场分析的准。为了落实张书记的意见，很快打开农村改革第二步的局面，次日上午，我们就召开了一个党委扩大会，14个大队支书全部列席。

会上，我们把张书记的想法、做法与要求讲了后，大家深受教育，深有好感：为解决百姓的吃饭问题，去年冬天，大胆支持我们搞了包产到户；为解决群众的收入问题，今春，又让我们先抓一把黄土……张书记为咱们老百姓的事，把心都操碎了，咱们怎能不干呢？

"人心齐，泰山移。"只要你能把激动人心的话，讲在人们的心坎上，人心就会齐；只要你能够拿出好主意，鼓起人们的冲天干劲，泰山就会移。这次会议，开得非常热烈，非常感人，非常成功。我们的奋斗目标，当下就敲定：今明两年，全公社要建成20座机砖厂，年产机砖一亿块，产值上到400万元。今年先由常平、李掌、三家村等十个大队先起步，力争"七一"前建成十座机砖厂，向党的生日献礼。

五

会后，这十个大队立刻就人山人海地行动起来。他们大都是"自力更生，艰苦奋斗"，靠自己创业。特别是常平大队，他们的办法出人意料：一是，先将大队原有的五个土砖窑全部投产，卖灰砖，挣现钱，三个月就挣回2万元。二是"借鸡生蛋"：县里曾在他们村西的地边办过一个炼铁厂，建起个42米高的大烟囱。后来，这个铁厂倒闭了，但这个大烟囱还站在这里。如今，要建这样一个大烟囱，少说也得6万元。因而，他们借用了这个大烟囱。三是，打土坯，顶砖用，只需投工，不花钱。因为大烟囱正处在他们的地边，他们就靠着烟囱用土坯砌起一座长达 20 个窑门的大砖窑，又省出 3 万元。建成这座机砖厂，少说也得 15 万元。而他们自己就解决了 13 万元，只向信用社贷了 2 万元，就投产了。

在全公社建设机砖厂的关键时刻，在兄弟队无法解决的困难之中，集店大队起到了很好的帮助作用。他们不仅拿出 100 万块机砖支持兄弟队建烟囱（建一个烟囱就需 10 万块砖），还把设计、建窑、烧窑等一系列技术包揽起来，无代价地进行指导、传授与培训等，尽力减少兄弟队的支出。

同时，信用社主任路庆祥，看到风云突变，形势大转，各大队都是靠自力更生精神，拼命建设机砖厂，他的思想也来了个 180 度的大转弯：他改变作风，扭正观点，不再死扣，不再截留；他主动上门放款，支援机砖厂建设，努力当好后勤兵。应该说，这是雪中送炭，非常应急。尽管这样，各大队也还是能少贷就少贷，把钱用在刀刃上。贷款额最高的队也未超出 7 万元。

因而，我们仅用了 100 天时间，10 座机砖厂就建成投产了，"七一"这天，机砖厂都出了产品，向党的生日献了礼！

张书记的预见太准了：我们的机砖刚出窑，长治市的建设就开始了，他们都是拿着现金来订砖。从"七一"到"十一"，仅三个月时间，就产出 3000 万块砖，一销而光，收入 120 余万元。

六

就在这时，从长治市传来一个不好的消息：说西庄大队的砖，卖到某单位，经了一场小雨，就炸成一堆垃圾，买家除不给钱外，还让西庄大队去给人家清场地。

这时，我们一下就想起张书记的话："千方百计把好砖的质量关，绝不可'萝卜'快了不洗泥，倒了招牌砸了锅……"这说明，我们在开局之时，就忘了张书记的教导，没有把好起步关。但是，这是坏事，也是好事，因为我们才刚起步几个月，西庄大队就给我们敲响了警钟，这对我们今后的发展大有好处。于是，我们便立即采取了三条措施：一是把好选土关。开砖厂，选土是关键，土质的好与坏，决定着砖厂的存与亡。因此，凡是土质不合格的，坚决废除。经过认真检查后，十个砖厂，九个合格；只有西庄大队一家不合格。这是因为，他们把砖厂建在一座大山脚下，土里含有小石子，烧成砖后，小石子就变成石灰，石灰一见水，自然要爆炸。因石子过多，无法解决，我们就让他们废除重建。二是把好砖的光泽关。经检查，发现一些砖毛病不少，不是生，便是焦，不是有毛边，便是不光洁。货卖一张皮，不能不讲究。凡有这些毛病的砖厂，都得到集店大队去学习，尽快提高合格率。砖不合格，绝不能出手。三是把好鉴定关。砖的质量，首先表现在硬度上，硬度高不高，必须用机器去打标。我们专门请来长治市质量监督局进行打标。打标结果，标号最高是97%，最低是95%。按标准说，达到90%以上者，就都是合格的。这说明，我们所产的砖，都是达标的。为使砖的标号长期稳定在95%以上，我们与市质监局签订了合同，要他们定期或不定期来打标。为了让大家都知道，我们不仅将各家的标号表送给市里和城、郊二区广播站进行广播，还翻印出来，发给施工单位，让他们放心用砖。从而，使我们的机砖在长治市打正了门市，树正了品牌。

七

由于我们对这把黄土抓得早，抓得好，得利快，效益高，人们的干劲空前高涨。我们所要求的两个目标，都按时达到了：一是，两年内建成机砖厂20座，年产砖一亿块，产值400万元实现了；二是，占领了长治市这个大市场，80%的施工单位，用的都是我们的砖。我们的砖是有多少，销多少，运砖车超出百余辆（大都是拖拉机与小平车等），在长壶公路上，摆成了一条"红"色巨龙……

一业盛，百业兴。我们抓住"机砖"这个龙头产业，用这一把黄土打开天下后，全社形形色色的中小企业，就像雨后春笋，层出不穷：有陶缸、陶管、陶瓷、琉璃、石料、石灰、电石、水泥、机砖、耐火砖等。尤其是李掌大队支书刘有根，在抓工副业生产上很有创新能力。他不仅一连创建了两座机砖厂，还跑到遥远的吕梁山上（离石县），引进新项目，请来高技师，在壶关创办了第一家焦化厂。1984年6月，山西省委书记王庭栋来壶关视察工作时，在我们公社探望了秦嫦娥、侯天乐、路其昌后，又发现了刘有根这个典型，虽然时间很紧，王书记还是登门拜访了他，并夸他是壶关的企业家。

我们公社，从1982年到1984年，仅两年时间，就创办了150多个企业，布满了全公社的14个大队，使80%的农民，也农也工，不出门就就了业。真可谓：

百业兴遍布全乡，大小人都把工上。
白天里人欢机叫，夜晚来灯火辉煌！

实践证明，农村二步改革这一炮，我们打得很响。特别是先用黄土打天下，起了极大的推动作用。同时，也证明了张书记当初的预测：他曾向我们说过，这一炮打好了，不仅会推动我们公社工副业的发展，还会影响到全县，都会来抓这把黄土，都从这把黄土上起步。因而，从1984年开始，全县有不少地方都来我们公社学习、取经、推广机砖厂。我们还曾派出技术员到各地帮助指导。到2000年底，全县共建起机砖厂80多座。不仅为他们打开了致富门路，拓宽了增收渠道，还大大地推进了新农村建设。

感悟：盲干与分析

为了尽快解决群众的挣钱问题，我们依据当地的传统行业，曾一度建起25座陶缸厂，生产出陶缸数千套。结果，大都销不出去，劳民伤财。

张书记知道后，便一针见血地指出：这叫盲干。凡办一项事业，首先就是分析，分析如同走棋，走一步，就应该看出三步至四步。只有这样，事业才能够兴旺发达。而后，他要我们搞机砖，先用一把黄土打天下。我们面对长治市这个大市场，狠抓机砖后，就使我们公社的经济收入，成为全县的排头兵。

实践证明，张书记分析得非常正确，非常成功。他用事实教育了我们。

张书记狠抓"两户"发展走在全国前列

1981年3月9日早上,我给张书记通了个电话,说有件要事,想向他汇报一下,望能够来一趟。

一

我是个急性脾气,遇到事情,心就发急,早上生心,等不到黄昏。这是因为,昨天上午公社召开了个"三八"妇女节座谈会。会上有人讲了一个"嫦娥奔月"的故事。说是集店大队有个妇女叫秦嫦娥,男人在县工商局工作,她一人在家带着三个孩子务农。她既要到队里参加劳动,年投工250余个,还要挤时间搞家庭副业:养蜂20箱,年产蜂蜜800斤,收入1200元;年喂猪2头,收入200元;养鸡20只,产蛋100斤,又是100余元……总共算下来,一年要收入2100元,全家人均520余元,超过本大队人均收入80元的五倍以上。因此,全家人穿得好,吃得好,住得好,喝水冲蜜成了常事。他们家的生活如同到了"天堂",人们都说是"嫦娥奔到月亮上了"。

我们公社几个领导,听到这一消息后,都非常高兴,在目前情况下，能够摆出这样一个样板，正好为我们的社员引出一条致富路。为了尽快推开她的做法，我们几个有关人员，当天下午，就去拜访了她。

事情往往不能由人所想，我们是抱着热情态度去访问的，但却想不到吃了"闭门羹"：秦嫦娥对我们的想法很反感，她说："你们要学我，就是害我，绝对不能学我！"

面对这种情况，我们作了难：秦嫦娥是个好典型，应该学，可是，人家就是不让学。这该怎么办呢？我们召开了党委会，要大家讨论。大家说，这和去年搞"包产到户"是两码事，那是一个整体，是党组织所领导的，说变就能变；而今，是人家一户，人家不同意学，就不能硬学；再说，群众思想通不通？敢不敢学？也是个问题。大家讨论来讨论去，最后意见是请示张书记。

张书记接了电话，不到半个小时就来了。当我们把"嫦娥奔月"的故事讲出后，张书记当即就提出要去看看。

当我们走到秦嫦娥的大门口时，大门仍关得紧又紧。公社妇女主任刘富果点着她的名字，连叫数声，门才算开了。我们走进院中时，秦嫦娥虽也在努力接待我们，但她的精神状态并不好，只是强带笑容，结结巴巴地说："来……来……来啦？"

当我向她介绍，这是县委张书记来看她时，她就更有点紧张了，只是点了点头。

张书记在院子里细细看起来，五间堂房的一个小院里，内容很丰富：南墙下有个猪圈，养着两头大肥猪；西墙下，是一溜鸡窝，养着一群母鸡；堂房沿下，挂着一长溜蜂箱，密密麻麻的蜜蜂在飞舞……

张书记看过之后，深有好感，他认为：像这样的家庭副业，已经不是什么捎带干了，已经成为家庭的"重点"副业了。因为家庭副业的收入已占到整个收入的70%，这是很了不起的。尽管秦嫦娥的精神有所紧张，这恐怕仍与社会的压力分不开。因而，张书记便满腔热情地对她说:"不错呀,嫦娥同志,你搞得很好!"

这时,嫦娥的脸上现出了笑容,显然,张书记的话,对她有所感化,于是,便对张书记说:"你们进家来,坐坐吧!"

张书记谢绝了她,并鼓励她继续好好干。

秦嫦娥的出现,引起了张书记的高度重视。于是他说:"走,回公社开个党委会。"

二

回到公社,张书记让我们召开党委会,针对秦嫦娥的问题,给我们提出三个问题,要我们一个一个地讨论:

第一个问题:秦嫦娥的做法对不对?她为什么要这样做?公社妇女主任刘富果说:"我对她的情况最了解,我认为她的做法完全对。她之所以这样做,是家境所迫。单说她的孩子的事,就足以证明。那年,她家的孩子是一个病了另一个接着病,三个孩子都得进县医院轮一轮。吃苦受累是小事,欠下债务是大事,半年花掉600元,还呀,还呀,还了三年才还完。她男人虽在县工商局工作,但只是个小干部,一月35元,够他开支就不错了。这说明,家里没有点存款,一出问题,就心慌,就害怕……即便能够借到钱,也还得还人家。因而,逼得秦嫦娥不得不在自家小院里想办法去赚钱。因而,她从三中全会前的1976年起,就偷偷搞起家庭副业了。

张书记听了刘富果的发言,感到很真切,她虽然说的是嫦娥的心里话,但其实也是大家的心里话。张书记深情地说:他们都是老百姓,不像我们这国家干部,月月要"收秋",即使有个三灾四难的,向人借一借,用不了几个月就还了。那么,老百姓靠什么还呢?而秦嫦娥不正是为解决这一问题,而被"逼上梁山"的吗?如果我们能把秦嫦娥的做法,传进千家万户,让家家都创业,户户都增收,使他们的钱包鼓起来，存款额上到一定高度，他们的生活也就好过了，他们也就不怕三灾四难了。

接下来，张书记就提出第二个问题：秦嫦娥为什么不让别人学她？党委副书记王胖松说："多年来，广大农村由于批判资本主义，把家庭副业批得一塌糊涂，连喂只羊、养头猪都是错误。曾一度把社员的自留地，都要当作资本主义的尾巴去割除掉。害得人们只好规规矩矩学大寨，不敢做半点小买卖。尽管秦嫦娥敢于冒着风险发展家庭副业，但她也怕得很。从咱们今天去她家，叫不开大门，就是一证。再看她家的院墙，一般农家院大都是2米左右高，而她家的院墙却在3米以上，这不又是一证吗？以往在批判资本主义流毒时，大都指的是男人，很少提到女人。如今，若把秦嫦娥拉出来批判，她能顶得住吗？因而，她自然会反对学习她。"

张书记提的第三个问题是，怎样学习秦嫦娥？对于这一问题，大家讨论的更深刻：首先从秦嫦娥身上就认识到一个大问题，这就是党的十一届三中全会精神还贯彻落实得很差。有的人甚至还不知道有过个三中全会，他们仍还蒙在鼓里。这就需要我们认真贯彻落实三中全会精神，先让群众解放思想，去掉"怕"字，摘去头上的"紧箍咒"，敢于学习秦嫦娥。这就需要我们去组织、去落实，去解决学习嫦娥中的具体问题与困难；这就需要我们动员各方面的社会力量，来为广大群众开绿灯。

张书记认真听取了我们对三个问题的讨论后，感到很满意，他说：实践证明，秦嫦娥的想法是正确的，做法是超前的，是新生事物的出现，是点亮了一盏明灯，是开出了一朵"金花"。一句话，她为我们广大农民如何致富引出了一条新路。

张书记说：今年阴历正月初九，我曾向你们提出：在农村二步改革中，可先用一把黄土打天下，来引导集体经济的发展；如今，再把秦嫦娥推出去，不正好是引导个体经济的发展吗？集体与个体，这两个"体"字，正好形成农村二步改革的"姊妹"篇，正好成为农村经济发展的"两条腿"。如果这两条腿一齐走起来，我们的经济建设就如虎添翼、大鹏展翅，将会跨越式地发展。榜样的力量是无穷的，拨亮一盏灯，将会照亮一大片。因此说，对于秦嫦娥这个典型，就不是不学或小学的问题，而是要大学特学的问题。不但在你们公社学，还要在全县学，让她在全县大放异彩。

那么，怎样学呢？张书记向我们讲了六个"给"字：一是给政策，必须把党的三中全会精神贯彻好，把党的富民政策落实好，让群众都知道怎样去致富，怎样学习秦嫦娥；二是给场地，必须给他们一个宽松环境，让大家放开手脚去发展；三是给资金，必须给他们解决资金问题，信用社应当主动放款，服务上门，只有百姓富起来，信用社才会活起来；四是给技术，必须给他们解决技术问题，没有技术，一事无成，我们一面要挖掘与抢救传统技术，一面要派人外出取经，让技术走进千家万户，用技术创造财富；五是给优惠，必须给他们优惠，无论场地、房屋及一些物资等，只要是大队能够提供的，既要提供，更要优惠，以最低租赁费进行承包；六是给信息，必须给他们信息，因为家庭副业都是一些小本买卖，投资小，产品少，销售不能停，只有及时传递信息，打开销路，加速周转，有水快流，才能保证他们的增产增收。

张书记临走时，还特意向我们补充了两条：第一条是，要好好做一下秦嫦娥的思想工作，让她打消顾虑，去掉"怕"字，给群众做个好样板；第二条是，在过去批"资"时期，凡是受过批判的人，都要在一定场合下，给他们平反，昭雪。

三

是机遇，就得抓住；是财神，就得落户。"嫦娥奔月"给了我们启示；张书记又向我们讲了六个"给"字。我们必须早抓、快抓、大抓。如同种庄稼一样，春差一日，秋差10日，早抓一日，早富一日。于是，我们公社党委马上就走出三步棋：

第一步，认真宣传张书记的六个"给"字。从公社到大队，从党内到党外，层层召开会议，将这6个"给"字，做到了家喻户晓；第二步，将过去批"资"中受到过伤害的侯天乐、桑枝秀、杨聚法等20余人，分别在各大队的群众大会上，进行了公开平反，恢复了他们的名誉。并鼓励他们去掉"怕"字，重抖精神，东山再起，更好地发展家庭副业。第三步，在做好秦嫦娥思想工作的基础上，组织全公社社员参观秦嫦娥家庭副业，学习秦嫦娥。同时，要求各大队党支部都要向大家表态：能够放宽的政策，一定放宽；能够支持的东西，一定支持；能够减免的费用，一定减免；能够引进的技术，一定引进。这样一来，学习秦嫦娥运动就在全公社逐步开展起来。

学习秦嫦娥，回龙庄大队的侯天乐夺了第一名。在过去，他因搞个体副业，虽然受过批判，被罚过款，对他精神刺激不小，但见如今党风正在好转，公社党委又给他平反，又摆出了秦嫦娥这样一个好样板，他就坐不住了，这该怎样学呢？他想出一个出人意料办法：承包了大队的小砖窑，从距此五里远的北皇大队，请来了他的老岳父。因老岳父从小就学会了开砖瓦窑的全套技术，用一把泥能够捏出铜瓦、勾沿、猫头、滴水等二十余种传统产品。这些产品都是农房顶上用的，古来就受百姓欢迎。如今，农村改革开放了，土地包产到户了，显然，将来的农房建设，一定会重新兴起来。

于是，全家六口人，在老岳父的精心指导下，经过一年的辛勤劳动，年终收入10400元，人均收入1733元，超过本大队人均66元的27倍多。成为全县唯一的万元户。

收入增加了，名声出去了，乡亲们都来向他借钱。侯天乐想：过去咱没办法时，向穷兄弟们借钱，没多有少，总要让自己合住嘴。如今自己富了，哪能不借呢？因而，在一个腊月里就借出现金1800元，多达十五六户。

正在这时，张书记来了，侯天乐在向张书记全面汇报时，特意突出了一下借款问题。张书记听后，虽也赞扬他的精神不错，但却深情地指出："借了你的钱，总得还吧？不还，说不过去。现在的问题，不是借钱多少的问题，而是应该缩短差距的问题。你家的人均收入是1700元，而别人家的人均收入才60元，高出27倍多。这叫'骑着骆驼引着鸡，高的高来低的低'。照此发展下去，不用多久，就会走上两极分化。"张书记的话，侯天乐完全领会了：一户富了不算富，大家富了才算富。张书记不希望他用借钱办法来解决穷人的困难，而是希望他把大家组织起来，把他的技术传出来，走共同富裕的道路。因而，来年一开春，侯天乐就按照张书记的建议，在大队里挑选了14户最困难户，组成了新的联合体——砖瓦厂合作社。他把自己的技术全部教给大家后，大家干劲特别大。这年年底，合作社的纯收入为47600元，人均收入881元。尽管侯天乐家的人均收入由上年的1733元下降至881元，减少了将近一半，但却与这14户拉平了，不再是骑着骆驼引着鸡了，全家人感到心安理得。这14户（48口人）的人均收入由上年的60元上升到881元，提高13倍多。只这一年时间，这14户就成了富裕户。

1983年春天，山西省委副书记阮泊生来壶关视察时，听到侯天乐的事迹后，当即就走访了他，并要他继续努力，发扬风格，不断迈出新步伐。

侯天乐的儿子参军后，他又想到军烈属的家庭生活问题，便与残废军人王晋生商讨后，合伙创办了壶关县双拥联合运输公司，专门组织复员军人参加。因而，他光荣地出席了全国召开的"双拥"代表大会。中共中央委员、民政部部长崔乃夫，在山西省副省长郭裕怀的陪同下，于1984年10月亲自登门专访了他。

学习秦嫦娥，王家河大队桑枝秀夺了第二名。桑枝秀是全公社有名的粉匠和喂猪能手。过去，因个人开粉坊养猪，他被视为资本主义自发势力的领头人，曾多次被批判过。如今，公社、大队给他平了反，大队党支部还把大队旧有的一座大粉坊低价租给他，还帮他在信用社贷款3000元，大大鼓舞了他的养猪积极性。因而，他克服种种困难，仅半年时间，他的仔猪、膘猪圈存量就达到160多头。成为壶关历史上个人百头猪场的首创人。因而，张书记得知这一消息后，便亲自登门拜访了他，鼓励了他。这年年底，他共磨粉5万斤，养猪218头，其中向社员提供仔猪103头，交售给国家肥猪80头。年收入8000元，全家5口人，人均1600元，超过本大队人均收入80元的19倍。

学习秦嫦娥，吴怀成虽然排在第三名，但他的事迹却很典型。他是西庄大队人，在外当工人30多年，早已成为一个老艺人。尤其，他曾在江苏省宜兴市紫砂厂学习过。因他心灵手巧，学得快，仅两年时间，就把主要技术学到手：不仅可以生产出各色花盆与卫生设备等，还能够捏出艺术性很高的紫砂壶、紫砂杯、紫砂锅、紫砂碗等20余种生活用品。家乡人把他请来，向他宣传了当今的富民政策及县委张书记亲口讲的六个"给"字后，他就辞职回乡，来办家庭紫砂厂。

全家八口人齐上阵，不出一月时间，产品就出来了。这些产品一出厂就打响了，销得又快，价格又高，供不应求，填补了中国北方从无紫砂厂的空白。从春天投产到年底，生产了8个月，纯收入就达到9000元，人均1100元。超过本大队人均收入70元的14倍多。

四

侯天乐、桑枝秀、吴怀成这三个典型，用不同方式学习秦嫦娥，由于起步早，见效快，在全公社影响很大，起到了很大的推动作用。

使专业户、重点户的发展如同春到人间，百花齐放，发展得既快又好又多样。有搞养殖业的，有搞种植业的，有搞烧炼业的，有搞开山取石的，有搞植树造林的……他们从不同行业入手，本着就地取材的精神，共开拓出80多个项目。

从1981年初到1982年末，仅两年时间，我们公社的"两户"（即专业户与重点户）就发展到1480户，占到总农户的40%，其中造林专业户就有150户，占到两户总数的10%。

我们公社"两户"的发展，传到中共晋东南地委后，立刻就引起了地委书记白清才、副书记祁英等领导的高度重视。他们认为，在三中全会之后的今天，能够马上产生这样的典型，实在是奇迹，它的作用将不可估量。因而，两位书记便于1982年6月9日亲临我们公社进行视察。我把全公社的包产到户及"两户"的情况汇报后，白书记感到很好，就提出要下去看看。

我领他们看的第一家是会龙庄大队的侯天乐，走进侯天乐的砖瓦厂一看，竟是一个热热闹闹的场面：40多个男女全半劳力，都在有条不紊地忙于生产。有的是捏花瓦，有的是捏屋脊，有的是扑砖坯……这时，白书记便问："不是说你是个烧砖专业户吗？哪来的这么多人？"侯天乐热情地告诉白书记："去年，我们是一家人干，全家六口人干了一年，就挣回一万多元，人均1700多元，超过本大队人均收入60元的27倍多；年底，张维庆书记来看我时，便指出：一户富了不算富，大家富了才算富。于是，今春一开始，我就在全大队挑出14户（48口人）最困难户，组成了新的经济联合体砖瓦厂合作社，进行集体生产。"这一说，白书记高兴地说："好啊！你们又组织起来了？你们的张书记指导得很对，不能让穷与富的距离，拉开27倍！"

我领他们看的第二家，是王家河大队养猪专业户桑枝秀。两位书记一看，都有点吃惊：一户就能养到百头猪，这算是件罕见的事（在那个年代，只有集体才会出现百头猪厂）；再从收入上看，也很可观，年收入8000元，全家五口人，人均1600元，超过本大队人均收入80元的19倍。因而，白书记夸奖桑枝秀说："好样的，好好干，秋后咱到地区劳模会上见！"

我领他们看的第三家，是黄角头大队造林专业户路其昌。我们步行爬上山顶一看，一片片新植的小松树，在微风中向我们点着头，使人心花怒放。经过路其昌介绍后，才知道这是他新创出的一条绿化路。这时，白书记高兴地说："用专业户这种形式造林，又好又快，这在我国说来，恐怕还是第一次出现，这是一条很好的经验，值得大力推广！"

从黄角头回到公社，已经12点多了。白书记他们原打算回长治吃午饭，但我见他的精神状态很好，就挽留他们吃午饭，白书记慷慨地说："好，就吃你们一顿饭！"

吃饭期间，白书记讲了很多话，他说："专业户、重点户的产生，是新生事物的出现，是初露尖尖角的小荷，是为广大群众引出一条快速致富路。尤其可喜的是，你们还为国家林业的发展，创出一条新经验。因此说，"两户"的发展，生命力很强，对将来的发展有引领作用。你们不要保守，要把这一好的经验传出去，让全省或全国人民都知道。在目前情况下，可以说，急需要这样的典型引路。"他建议我写一份专题报告，不仅送地委，还要送省委。他打算让地区领导及各县书记都来看一看。同时，他还建议，以我这个党委书记的名义，直接向《人民日报》写一篇文章。这样做，更有说服力，更起作用。按照白书记的观点看，这种材料报上去，十有八九会发表。可是，我的写作水平很低，从未写过这样的文章，这哪能行呢？但是在白书记这样的关心指导下，即便写不好，也要努力写。这样，我用了半个月时间，专题报告及文章就都写成报送了。特别是这篇文章，投给《人民日报》后，果真不出白书记所料，12天时间就见报了，文章以醒目的标题："专业户和重点户的生命力"，登在1982年11月21

日的《人民日报》第三版上，约4000字，还加了编者按语，占了五分之二的版面。接着，新华通讯社派人来采访后，文章又登在"内参"上；中共中央办公厅电话采访后，又用"简报"发至省一级。

这么一来，算是给我们招来了"极大麻烦"：不仅是本地区、本省有人来，而全国各地也都来人参观了。他们大都是按照自己需学的典型去访问。我们公社干部，必须分组带队当向导，当解说员。人一天比一天多，麻烦事越来越大，我们还得号召所去大队备些开水什么的。特别是1983年入春以来，来参观的人，从上午到下午，接连不断，我们公社原定的三个向导组，分成八个还顾不过来，一天接待20多家成为常事。从春初到秋末，我们整整接待了8个月。据我们初步统计，所来参观人遍及23个省，600多个县市区，9万余人次。

同时，从中央到地方，各级领导及有关单位也前来参观。有中央委员、民政部长崔乃夫，有省委书记王庭栋、副书记阮泊生、副省长赵力芝以及晋东南地区的市县委书记等。实践证明，张书记狠抓"两户"发展，走在了全国前列。

后来，秦嫦娥被评为全国"三八"红旗手，受到全国妇联的表彰；侯天乐不仅被选为山西省六届人大代表，还被评为"双拥"模范，出席了全国召开的"双拥"代表会，受到表彰；路其昌被评为山西省林业劳动模范，受到省委、省政府表彰；桑枝秀被评为晋东南地区的劳动模范，受到地委表彰。

感悟：迟钝与敏感

　　星星之火可以燎原。秦嫦娥这个典型，张书记一发现，就看作是星星之火，就认定是一朵金花。于是，张书记马上就拿出六个"给"字，在全县推广。

　　秦嫦娥的事迹登上《人民日报》后，很快就传遍全国各地，在全国起到了极大的引领作用。

　　这充分说明，张书记的敏感性很强，办事的速度很快。如若他反应迟钝，难能发现，这一典型也就自生自灭，起不到一点作用了。这说明，遇到新事物的出现，必须有敏感性，敏感就是速度，敏感就是财富，敏感就是幸福。

张书记二上"北山"

壶关县的东南面,有条百里之长的大峡谷(就是如今的太行山大峡谷旅游区)。这条峡谷横跨东西,如同刀劈,把一座百里长的大山,劈成两半:南山与北山。因为两边都是悬崖峭壁,上下南山或北山,走的是极其险要的羊肠小道。只有生长在这里的人们,才敢上下行走。新中国成立后,虽然绕着人家陵川县的一段(两县协商通),往南山上修了一条简易牛车路,但从县城出发到南山,至少得步行两天才能够到达。南北山各设一个公社:南山设在鹅屋,北山设在石河沐。因为交通不便,路又难走,县级机关单位的干部,都很少来这两山下乡。县委书记来的就更少了。

由于长期交通闭塞,经济封锁,商贸落后,思想僵化,自然就给两山人民造成了生活上的种种困难。国家拨款、社会救济已成为常事。

张书记得知这些情况后,决心要上一上南北山,亲自去看一看两山人民的生活。他的安排是先北后南。

一

1981年初夏的一天,张书记终于爬上北山,走进北山上的第一个村石河沐。

石河沐是公社所在地,党委书记王志明见是张书记来了,就慌了手脚:张书记怎么来了?他在这里工作了三年,别说县委书记,就连个县委常委也没来过。于是,他满腔热情地接待了张书记。吃饭间,他简要地汇报了一下这里的概况。而后,就按照张书记的要求,叫来石河沐大队支书,一同走进了石河沐。

张书记一看,石河沐大队处在一条弯弯曲曲的干河两岸,全村看不到一块平地;所见房屋,像样的砖瓦房很少,大都是些随高就低、七扭八拐的干棚房。这些干棚房,大都是用石头或土坯等砌成墙,用石片、坩土或谷草等盖着顶。这样的房子,遇到疾风暴雨,必然要遭难,不是掀顶、倒塌,便是屋里漏水。住在这样的房子里,哪能安心呢?再从老百姓的穿戴上看,就更使人哭笑不得:有50年代时兴的小衣裳、宽裤子;有60年代时兴的大衣裳、窄裤子;还有旧社会传下来的一些古董穿戴:老婆婆们系得还是齐腰宽的大围裙,头上裹着黑布布;青年妇女们,都还穿的是红裤子和黑饭单,胸堂上绣着个白"福"字……也可以说,他们是有什么穿什么,将将就就去生活。解放30多年了,老百姓穿的还是这样的破破烂烂,古古董董。这种装束,到何年何月才能够改变呢?

接下来,由这里的支书领着,张书记走访了三个不同类型的农家:

第一家是老两口,张书记问他们,粮食够不够吃?老汉答:"差得很远,我们老两口,一共才分到460斤,勉强吃8个月,还差4个月。"

张书记又问："那么，这四个月吃啥呢？"

老婆婆抢着说："糠菜半年粮呗！"她说着，就指着门里的一只大缸，让他们看："这是一大缸酸菜，有萝卜、萝卜苗、杏叶、桃叶、大麻籽叶等，凡是能入口的叶子，都可沤制成酸菜。"

老汉接着说："这一大缸菜，足能顶4个月的口粮，我们每顿饭都是搭配着吃，每吃一顿饭，两人不敢超过半斤粮。"

这时，支书主动说："张书记，我们没本事呀！全大队人均不到一亩地，亩产不上300斤，社员的口粮分到230斤，就很不错了。"

第二家，还是老两口，他们住着两间干棚房，靠东北角垒着一个大土炕，铺着一张破席子，叠着一条破被子；靠西北角放着一个大圪洞，洞前摆着一张破方桌，再下来，就是地上放着七八只小水桶。

张书记问："为什么要放这么多水桶？"

老汉指着顶棚说："天一下雨，就倒霉了，屋外大下，屋里小下，有七八处漏水，就得用七八只水桶去接……每到夏季，就得这样准备。"支书说："这些房子早就该补修了，可就是没钱啊！"

张书记问支书："像这样的漏房户有多少？"

支书说："全大队120户，至少有三分之一！"

第三家，是小两口，家里挂着一些木匠工具，男人好像是个木匠，但又不见有多少木料。

张书记问："你这做木工活的，一年能挣多少钱？"

男人答："只是做些水桶、桌凳什么的，老百姓常用的一些东西……至于挣钱多少，这要看干活多少。可是，只能小干，不敢大干，干大了就要受批判（资本主义）。就是小干，也还得靠财神爷保佑……"

"你说什么呀？财神爷在哪里？"张书记这么一问，就惊动了女主人，她马上说："甭听他瞎说，哪里有财神爷？"

这时，支书觉得很没意思，便说："年轻人，说话不靠谱……"

可是，这位年轻人却是个犟脾气，他说："谁说没有财神爷？"说着，就把他们推出门外，手指村南的一架小山上说："张书记，你来看，那是什么？"

张书记顺着他的手势一看，原是用石头在半山上，垒了个鸡窝大的小庙。庙外，挂了些红灯、红旗、红布条和小方匾等，这里的封建迷信思想还这么严重，老百姓的生财之道就靠的是它……

这时，王志明向张书记解释说，我们曾多次讲过，要相信科学，不要相信迷信；也曾将这个小庙抄家过，可是，你白天抄了，黑夜就又垒好了。我们感到：只有经济发展了，人们的手里有钱了，这个问题也就迎刃而解了。

张书记认为，王志明讲的很对，发展才是硬道理！

张书记通过对石河沭大队的视察，使他联想到了整个北山：石河沭大队是公社所在地，是北山上70多个山庄，5000多口人过年过节的购物集散地，还是这么个穷样子、苦面貌，何况别的大队呢？

张书记就要动身了。但是，他的到来，慢慢地就传开了，尽管山区人民很老实，很不会说话，但也想见见张书记。这是因为，多年来，他们很少见县委书记来，即便有时来了，也难见到。因而，老百姓们越来越多，越走越近，都是用微笑面孔向着张书记，都想让张书记说说话。

这里的困难这么大，老百姓的生活这么苦，在这一瞬间，该向大家讲些什么呢？能解决什么问题呢？因而，张书记打算过几天再来。于是，他便热情地向大家说："乡亲们，我这是先来看看大家，过几天，我还要来，请大家放心！"

回到公社，通过王志明的具体汇报，张书记得知：北山上共有14个大队，53个生产队，70多个自然村，5100余口人耕种着4800亩粮田，人均只有0.96亩地。亩产长期徘徊在250斤上下，把所有粮食全部变成口粮,人均也超不过250斤。

通过在北山上的视察,张书记深深认识到:平川苦,山区更苦,而南北山的老百姓是苦上加苦……作为县委书记,亲眼看到老百姓生活在这水深火热之中,而不去解救,还算什么县委书记?因而,这次考察更加坚定了他农村改革开放的决心;更加促使了他尽早实行包产到户,让农民放开手脚去治贫。

面对北山问题,张书记计划以石河沐大队为基地,从这里打开一片新天地,树起一面农村改革开放的旗帜,去引导北山人民,摆脱贫困,走向富裕!

二

那么,怎样才能抓好石河沐这个基地呢?张书记认为,首先在这里开一个成功的会,将是一个关键性问题。为开好这个会,张书记想出一个出人意料的做法,这就是,他没有带任何领导,只是从农村抽出两个大队支书(即我们西庄公社集店大队支书与五龙山公社刘寨大队支书)跟随他,二次上了北山。

这是半个月之后的事,石河沐大队群众见张书记真的来了,真是喜出望外,奔走相告,他们说,张书记这次来,一定会给咱们解决困难。

张书记在王志明的陪同下,在石河沐大队召开了一个由大小队干部及社员代表等参加的座谈会。张书记的安排很奇特:他让王志明主持,先让带来的两个大队支书发言:

第一个发言者,是西庄公社集店大队支书,他的发言题目是:"靠土吃土,用土致富"。因为集店大队属于平川区。金木水火土五行,就缺了四行,只有一把黄土。就是靠这把黄土,却发了大财。因为他们离长治市不足十公里,又是居高临下,开办机砖厂,让机砖占领长治市,是得天独厚的优势。因而,早在三中全会前,他们就抓住这个有利条件，偷偷地抢先建设了一座机砖厂，年产砖500万块，全部销进长治市。只这一项，年收入就在20万元以上，一个劳动日达到一元钱（超过石河沐大队0.2元的四倍）。

第二个发言者，是五龙山公社刘寨大队支书，他的发言题目是："靠山吃山，发展果园"。刘寨是个石山区，四面青山环绕，地形、气候都好。他们就抓住这个优势，在三个山坳里发展了果木园。因而，也一样地发了财，一个劳动日达到0.8元钱。

因为他们两个人都是创业者，讲得都是亲身经历的事，活生生的事实教育了与会的所有人。

张书记见他们俩讲得很好，很生动，使大家的思想活跃起来了，他才开始讲，他针对性地讲了这样三个问题：

一、解放思想，打破禁区，实行包产到户。民以食为天，粮从土中来。耕种不好土地，就谈不上多打粮食。据说，从人民公社化以来，你们的亩产量就一直徘徊在300斤上下。几十年来，人们是怎样度过来的呢？还不都是糠菜半年粮吗？"糠菜半年粮"，这是旧社会穷人为活命喊出的一句"苦言"。解放30多年了，为什么还要让老百姓再喊这句苦言？所以说，目前最大的问题，就是如何解决大家的吃饭问题。

那么，怎样才能解决好这一问题呢？在现阶段，只有一个办法，那就是解放思想，打破禁区，推倒大锅饭，变成小锅饭，把土地分下去，实行包产到户！包产到户后，肯定能增产。就从你们的自留地上去推算，也能得出结论。也就是说，哪一分自留地，不打它百八十斤粮食？如果把土地包给你，你就会都当作自留地去对待。增产幅度只以60%算，一亩地也能打它500斤。有了这500斤，你们的吃饭问题，不就解决了吗？

二、肃清流毒，因地制宜，发展多种经营。多年来，批判资本主义，把人们批的一塌糊涂，别说抓大项，发大财，就连养头猪、喂只羊都不敢干，抬手动脚就有错。现在好了，我可以清楚地告诉大家，这些流毒，必须彻底肃清，必须让大家放开手脚，各显其能，去大力发展多种经营。无论集体或个体，都可以去发展。集店大队支书讲得很清，他们有土就吃土，靠机砖发了财；刘寨大队靠山吃山，大建果木园，也照样发了财。这是我让人家俩人，专来给你们传经送宝的，你们应当好好学学，也来个靠甚吃甚：山上有矿，就刨矿；河里有沙，就掏沙；山间有药材，就刨药材……也就是说，凡是能够生财的地方，就都要去取财。同时，还必须做到吃山养山，保护山，要让青山常绿，财源常来。

三、破除迷信，依靠双手，装满自己的钱袋子。集店大队有个"嫦娥奔月"故事：有个叫秦嫦娥的女社员，一人养着三个孩子，年收入还达到2100多元，人均收入520多元，眼下是集店大队最富的一户。她为什么能够富起来呢？就靠的是一双手。她不仅天天下地劳动，年投工在250个以上，她还在自家院里偷偷搞起了家庭副业：养蜂20箱，养猪2头，养鸡20只等。光20箱蜜蜂，年产蜂蜜800斤，就要收入1200元。这些活，都是她起早贪黑干的；相反，有一户社员，因信神信鬼，想发财，就请了神婆安财神。财神安起来不过月，他们家就破了财，有人偷了他们的500元钱，他们吃了个大亏，还不敢说。铁的事实告诉我们：我们应当相信科学，相信自己，靠自己的双手去挣钱。所以说，应当学习秦嫦娥，大胆地去发展家庭副业，开辟多种经营，尽快让自己富起来。千万不要再上山，去拜神磕头，求发财。

这时，不知是谁喊出这么一句：磕了三十年头，一个劳动日还是两毛六！

这一喊，使与会人都笑了。

最后，张书记说："我讲的这些话，希望大家好好讨论一下，看讲的对不对，需要不需要这样做，敢不敢这样做。还有什么意见与要求,可由党支部写信给我,如需要我来,我就再来!"

张书记的话,句句说在了人家的心坎上,使人家看到了前途,看到了希望;这是30多年来,大家从未听到过的激动人心的话,也从未见过这样的县委书记。

张书记是在热烈的掌声中离开大家的。

三

张书记临走时,特意交代王志明:要他先把石河沐这个试点搞好,而后推广到全北山。他说,典型的作用是不可估量的。在北山上,只要把石河沐这面改革开放的旗帜高高树起来,只要把包产到户这件大事认认真真去落实,对北山的农村改革,将会起到极大的推动作用;将会使北山人民很快摆脱贫困,走出低谷,向好的方向发展。

他还说,我们应当看到山区的优势,谁能知道这山中,有什么贵重资源?谁又能知道这山上,还长着什么奇花异草?如把这山间的珍宝奇物发掘出来,山区人民何愁富不起来?

张书记两上北山,为解决北山人民的疾苦,他除提出包产到户和分析、挖掘山区潜力外,还特意带来两个大队支书交流了经验。这一切的一切,深深感动了王志明,他激动地说:"张书记,您把心操碎了,您给我的印象太深了,请您放心!您给我的任务,我一定会完成!我一定要让北山人民早日吃饱肚子!"

这年秋后,王志明同志按照张书记的意见,将北山上的14个大队、53个生产队,全部实行了包产到户。因而,次年秋天,北山获得空前大丰收,亩产增幅大都在60%以上。使北山上5000多口人的吃饭问题,全部解决。于是,广大群众纷纷提出:要王志明书记代表北山人民,向张书记报个喜!告诉他,我们都吃饱肚子了,不用再牵挂我们了!

感悟：全县和公社的"底线"

张书记为什么要上北山？他的目标很明确，就是要在全县找出最贫穷的大队，定为底线，先行扶助。他认为北山上的这14个大队，都是最贫穷的。依此推断，可以说，南北山都是一样的贫穷，这就是全县的"底线"。只有让"底线"变了，才能够体现到全县的变化。

张书记虽然找的是全县的底线，但也鞭策着我们去找公社一级的底线。那么，我们的底线在哪里呢？我认为，应该是最贫穷的农户。只有让他们先富起来，才最有说服力，才最能推动全公社的脱贫致富。于是，我便定了个"底线"起步的比例：每年，在每个大队里，挑选5%的最贫穷户，进行扶助。

张书记与"三千万斤粮食"

1981年8月2日上午11点,张书记突然来了,他不进办公室,只是站在公社院里对我说:省里召开紧急会,下午必须报到,正好与咱们县的三干会相碰头。你知道,明天下午三干会就要报到了,开四天会,我怕在这四天里赶不回来,特来向你打个招呼。这次会议的中心议题只有一个,就是要研究生产责任制的问题。我的意见,就是要把你们公社包产到户的做法,推到全县去。我已把我的意见留给在家常委,要他们讨论。在这次三干会上,我希望你能够带个好头,争取在大会上发个好言,要把包产到户的想法与做法介绍出来,要把广大群众的精神面貌反映出来。特别是常平大队包产到户,先走一步,已经有了实践,一定要把他们的经验总结出来。一定要让你这个发言,在全县起到一个引导作用。

一

三干会开了,主要领导做报告。这个报告,我一听,就知道还是老调子:继续学大寨。看来,张书记的意见被否定了。在报告的最后，虽然提到了包产到户，那也只是指的那些山庄窝铺中的零星户，其余的一律不准承包。

这个报告，为什么会做成这个样子呢？原因是张书记到太原开会了，在家常委产生了分歧。对于包产到户，多数人反对，少数人赞成。反对的理由有三：一是中央没有命令，省里没有文件，地委没有意见，我们不能瞎干。包产到户的实质就是破坏集体经济，以户实行单干。二是从初级社到人民公社化，风风雨雨30年，不能一夜就返到解放前。尤其我们壶关县，是革命老区，是创办初级社的早期县。树掌公社翠谷大队，原为青松农业生产合作社，是晋东南地区的十个老社之一。能够发展到今天，是很不容易的，如今一下子就要推翻集体经济，恐怕广大群众也通不过。三是家有千口主事一人。张书记虽然留下了包产到户意见，但他毕竟不在。在家常委却不敢做这个主，我们必须三思再三思，把好这个关。再说，搞包产到户，不比一社一队或一户，我们还可以设法掩盖住。现在的问题是，要以一个县来搞，风险就太大了。如果一旦搞错，就都倒霉了，张书记自然也躲不掉。尽管少数常委有意见，但只得少数服从多数。

看来，张书记回不来，包产到户就泡汤了。

这已是第三天的下午，还不见张书记回来。县委召开碰头会，安排明天（第四天）上午，要组织大会发言，下午总结散会。我深知，这次三干会，规模比较大，县社队三级干部大都参加了。特别是389个大队支书全来了，这对搞包产到户极为重要。可以说，这次会议，将决定着全县人民的温饱问题。然而，我万万想不到，就在这天晚上开晚饭时，张书记赶回来了。

我得知这一消息后，哪里还顾得上吃晚饭？我放下碗筷，就直奔张书记家。

我是第一个到他家的，他正在洗脸，一听是我来了，马上就擦了一把脸，问："会议开的怎么样？"

我只好开门见山地说：还是学大寨……

张书记听了我的解说后，便说："省委今天上午还在开会，关于对学大寨的问题，省委讲得很清楚，我们既要看到大寨的问题，更要看到大寨的成绩。可以说，大寨自力更生、艰苦奋斗、战天斗地的精神，是值得我们学习的。我们应当正确看待大寨。然而，省委还明确指出，在贯彻落实三中全会中，一定要解放思想，实事求是，摸着石头过河，寻找新的出路。在当前情况下，我总认为，包产到户是解决广大群众吃饭问题的唯一出路。于是，一吃过午饭，我就往回赶。不过，你通报的情况还算及时，还来得及改变。这是一件大事，万万不能忽视，宁可延长会期，也得扭正方向。"这时，张书记没顾上吃晚饭，只是喝了杯水，就去召开常委会。

二

张书记是个非常善解人意的人，他并不埋怨在家常委有犹豫。他面对常委们讲了这样三个问题：一是简要地传达了一下省委会议精神。在贯彻落实党的三中全会的同时，要正确对待学大寨。二是肯定了在家常委们的做法。他感到，在家常委不敢搞包产到户，也是可以理解的。万一出了问题，对谁都不好。三是亮明了他的观点。他说："省委要求我们摸着石头过河，寻找新的出路，我认为常平大队的做法，就是我们的出路。他们搞了包产到户后，亩产量显著提高，亩增幅度都在40%以上。参照这个幅度，我曾算过一笔大账：咱们县的亩产量，多年来一直徘徊在300斤左右，就以300斤为基数，实行包产到户后，增产幅度就按40%算，就是120斤，再抹掉这20斤，只以100斤算，全县30万亩耕地，就要增产3000万斤粮食，这是一个了不起的数字。按全县的20万农业人口去分，每人就可多吃到150斤，加上360斤，就是510斤，吃饭问题不就基本解决了吗？这是关系到民生的一件大事，急需要我们抢时间，争速度，实行包产到户。早包一年，就早得3000万斤粮食，就早一年解决群众的温饱问题。"

经张书记这样一讲，常委们的思想上有所放松，对包产到户有所理解。当然，张书记知道，对常委们的思想，不可能一夜之间就能解决好。四天三干会，已经过去三天了，即便再延长一天，也不过两天。

在这样短的时间内，怎样才能迅速地扭转这一局面呢？就在这个紧要关头，张书记用哲学观点，想出一个"换位工作法"。这就是，他想先让常平大队支书宋刘富打头阵，登台来唱"包产到户"这出戏。于是，张书记便把这一想法讲给了全体常委。

三

第二天早上，张书记就召开公社书记的紧急会议，决定延长一天会期，再讨论一天，讨论内容是两种生产责任制，即生产队与包产到户问题，也就是"大锅饭"与"小锅饭"的问题。

早饭后，我们公社刚开始讨论，张书记就来了。他热情地向大家打了个招呼，就把我叫在门外，对我说："明天的大会发言非常重要，就是要唱'包产到户'这出戏。必须唱响、唱亮，唱出水平。我原来是想让你发言，可是，我反复考虑后，总觉着换成常平大队支书宋刘富更好一点。原因有二：一是把包产到户的活生生事实讲出来，能够启发和教育我们的干部，特别是领导干部；二是能够引导基层干部解放思想，实事求是，转变观念，充分认识包产到户的重要性。这次会议，全县的380多个大队支书都来了，让支书给支书交流，最直接、最真实、最有力，也最能教育人。如果宋刘富能够掏出心窝里的话，把话讲清、讲深、讲透，讲在人们的心坎上，将会起到不可估量的作用。

我听了张书记的解释后，深感张书记想得对，想得深，想得透。因而，我高兴地说："这样做的效果，一定会好！"

张书记说："这只是个人的预测，效果究竟好不好，最后才知道。"于是，张书记马上就让我叫来宋刘富，亲自对他交代，要他好好准备，力争明天上午发好言，并要我努力帮助他。

这突如其来的任务落在宋刘富头上，使他感到担子不轻，压力很大。他说：我只是在自己大队的那个小天地里，对自己的群众说过话，从未登过县大礼堂的主席台，我哪有这个胆量敢到那上边去说话？尤其，这次大会全县各大队的支书都来了，大家都是一般大的"小官"，我却要变成一只兔子，从羊圈里跑出来，蹦到主席台上去"逞能"，这心能不跳吗？这脸能不红吧？这话能说好吗？

尽管他讲了很多困难，一心想推掉这个发言，然而，我却是一再给他打气鼓劲：第一，这次让你大会发言，是张书记亲口定的，这在过去是很少有过的事。这说明，书记对你很器重，你就得尊重书记的意见。第二，书记让你发言，说明这个发言很重要，你就得把包产到户的做法、好处交流好。第三，县委把全县的380多个大队支书都召集来了，就是要他们在这次大会上，解放思想，实事求是，积极推行包产到户，尽快解决广大群众的温饱问题。显然，这次会议十分重要，它将是壶关由穷变富的一个转折点；它将是认真贯彻落实三中全会精神的具体行动。

我的一番话，说服了宋刘富，使他的私心杂念丢掉了，错误的思想扭正了，发言的劲头鼓足了，他决心要把包产到户这场戏，唱响、唱亮、唱好，让全县人民都知道：包产到了户，就能吃饱肚。

四

八月八日，晴空万里，是个绝好的日子。八时，会议准时召开，九个常委一字排开，坐在主席台上。

这时，我给宋刘富再一次打气：要他沉住气，不要受大会时间的限制（过去往往是划定几分钟或半小时），以说好为目的；要他放开胆量，端正心态，实事求是地说，要他带着感情说，把话说深说透说活，赢得大多数人的满意。

主持会议人，宣布大会开始：第一个发言人，就是西庄公社常平大队党支部书记宋刘富。

宋刘富满腔热情地走上主席台，向台下行了三个礼，又向台上的常委们行了三个礼，台下秩序井然，鸦雀无声，一千多双眼睛望着宋刘富，看他要说些什么。宋刘富十分镇静地坐在演讲台后，打开笔记本，响亮地向大家喊出："我发言的题目是'包——产——到户，都——不——饿肚'！"就这个题目，台下就响起一阵雷鸣般的掌声。掌声如同兴奋剂，宋刘富的劲头就更足了，他越说越有精神，越说越有感情。

当他说到以前社员出工不出效："上地一条龙，做活一窝蜂，你站的，我坐的，打不下粮食伙饿的"时，台下就又是一阵掌声。

当他说到社员："劳动态度不端正，迟到早退磨洋工，集体地里去养神，自留地里打冲锋"时，又是一阵掌声。

当他说到秋田管理难、秋收秩序乱："白天还是人，夜里就变鬼，十人九个贼，一个不偷就吃亏"时，又是一阵掌声。

当他说到："为了夺高产，外地传来新经验，只有种高粱，亩产才能过长江（800斤）。种高粱，吃高粱，吃的人们光肚涨"时，就又是一阵掌声。

当他说到："有个光棍汉，包给他二亩山坡田，收了800斤粮，就找了一个好对象"时，就又是一阵掌声。

当他说到秋耕地："拖拉机，来耕地，大小队干部过生日。有猪肉，吃猪肉；没有猪肉杀公鸡"时，就又是一阵掌声。

一次一次的掌声，如同春风，不仅吹在了台下，也一样吹在了主席台上。所有常委根本没有想到，包产到户就这样的重要，与会人就这样的满意。因而，使常委们当场就受到一次深刻教育。他们九个常委也和台下人一样为宋刘富拍起手来。

宋刘富前前后后，共说了十多个问题，每说一个问题，就会迎来一阵掌声，这说明宋刘富的发言稿，准备得相当好。

最后，宋刘富又响亮地向大家说："大包干，大包干，直来直去不拐弯；交足国家的，留足集体的，剩下都是自己的。我们的吃饭问题，还算什么问题？我的话完啦！说得不好，请大家原谅！"

这一来，台上台下，响起了一片热烈掌声。人们七嘴八舌地说：宋刘富说出了我们的心里话。这时，我看了看表，宋刘富足足说了两个多小时。

宋刘富一个人的发言，就把会议推上了高峰。就把包产到户这出戏唱响了！

五

上午，宋刘富的发言，如同一颗炸弹，把冰封的黄河"壶口"炸开了，汹涌的黄河水将要奔放。张书记万万没有想到，宋刘富的发言就这样的好，就这样的有效，就这样的厉害。因而，正好圆了张书记统一大家思想的"梦"，正好为壶关的包产到户开了个好头。因而，张书记的精神状态很好，情绪十分饱满。

下午，大会进行总结后，由张书记做重要讲话。在大会上，他一鼓作气讲了三个问题：

第一个问题，充分解读了"十一届三中全会"精神。他说，三中全会的要害，就是解放思想，开动脑筋，实事求是，团结一致向前看。首先是解放思想，只有思想解放了，我们才能正确地以马列主义、毛泽东思想为指导,解决过去遗留的问题,解决新出现的一系列问题。

他说,邓小平同志讲得很清楚:在我们的干部特别是领导干部中,解放思想这个问题并没有完全解决。也可以说,还处在僵化或半僵化的状态。这并不是因为他们不是好同志,不听党的话,这种状态的出现,是在一定历史条件下形成的,原因是多方面的。特别是在林彪、"四人帮"横行时期,他们大搞禁区、禁令、制造迷信,把人们的思想封闭在他们假马克思主义的禁锢圈内,不准越雷池一步。否则,就要追查、就要扣帽子、打棍子、抓辫子。在这种情况下,一些人就只好因循守旧,安于现状,不求进步,不求发展,特别是不从实际出发的本本主义更加严重。书上没有的,文件上没有的,领导人没有讲过的,就不敢多说一句话,多做一件事,一切照抄照搬照转。把对上级负责和对人民负责对立起来。这说明,不打破思想僵化,不大大解放干部和群众的思想,四个现代化就没有希望。这就要求我们必须解放思想,实事求是,一切从实际出发,理论联系实际,去解决我们的前途和命运的问题。

第二个问题,充分讲明了这次三干会的中心议题。他说,问题已经摆明了:包产到户在现阶段,是解决群众吃饭问题的唯一出路,谁家先走这一步,谁家就先有饭吃。

在漫长的岁月里,年年喊的是:够不够360(大锅饭时期,秋后分粮,每人360斤粗粮,几乎成为一个统一标准),那么,这个360,要坚持到何年何月何日呢?我们必须打破这个360,变成460,或者500斤……这时,张书记把他所梦想的那笔大账,当场向大家算了算:参照常平经验,只以亩增100斤算,全县30万亩耕地,就要增收3000万斤粮食。按全县的20万农业人口去分,人均就是150斤,加上360,不就是510斤吗?这说明,我们早包一年,就能早拿到3000万斤粮食。因此说,我们这次三干会的中心议题,就是要在全县推行包产到户，尽快解决广大群众的吃饭问题。我们这样做，正是体现了三中全会解放思想、实事求是，一切从实际出发的精神。

  第三个问题，充分亮明了自己的态度。全国学大寨，大寨在山西，我们是山西人，自然应该学。但是，随着时代的变化，形势的发展，社会的要求，面对大寨的经验，必须来个重新认识，重新分析，重新对待。也就是说，必须尊重客观现实，用一分为二的观点看问题：大寨的自力更生、艰苦奋斗、战天斗地的精神，是好的，是值得我们继续学习的。鉴于在过去的工作中，出现过一些偏差，那也是极左路线造成的，大寨人是没有罪的。按照三中全会精神，我们必须改革。包产到户就是一场改革，这是从实践中得出来的。不要误认为，包产到户就是反大寨，包产到户就是破坏集体经济。这是自己吓唬自己，自己给自己戴帽子，自己给自己过不去。因此说，包产到户没问题，请大家放心地去推行！如果因为包产到户包错了，一切责任均由我承担，这就是我的态度！

  张书记的讲话，给大家讲清了道理，指明了方向，并为大家撑了腰，壮了胆！一种发自内心的雷雨般的掌声，一阵高过一阵，大会在热烈的掌声中闭幕！

感悟：死搬与灵活

张书记从省里开会回来时，四天的三干会，只剩下一天了，这该怎样办呢？在这个紧要关头，谁也想不到，张书记竟向大会送上一场"独角戏"，这就是，他挑选了一位大队支书宋刘富，专作包产到户发言。就是这个宋刘富，讲了两个小时，台下就鼓了十多次掌。他的发言终于扭转了乾坤，统一了大家的思想，达到了会议的预期目的。这说明，无论什么事，都不能死搬硬套，都得机动灵活，张书记运用这种巧妙战术，既解决了包产到户的问题，又没有造成领导之间的矛盾。应该说，这是一个妙招。

包产到户走在全省农村改革的前列

一

　　三干会的第二天下午，张书记就来了。进了公社还没歇脚，就拉我跟他到田野上跑跑，到地里去看看。这是因为三干会后的当晚，就有人吹冷风：他们说，别看宋刘富说得好听，但也不是标准答案。他们只是少数户，包了一些边远山地，一户也不过亩亩把把，把肥施足，精耕细作，尽在上面"绣花"，多打个百八十斤的，还算什么稀罕？问题是，把大片土地包下去后，就绣不成花了，就提高不了产量了。包产到户后，增产潜力究竟有多大，谁也说不来。如若只能增产个二三十斤的，就不起多大作用，就不应该去包产到户，自找错误。西庄公社已经全部包产到户了，秋后，就要看看他们的"好戏"。

　　那么，西庄公社究竟能不能大增产？增产幅度有多高？是二三十斤，还是一二百斤？显然，西庄公社能不能大增产，将决定着全县包产到户的命运！因而，这一连串的问号，不能不引起张书记的重视，不能不来西庄公社找答案。

一路上，尽管我一再向张书记表明，今年的庄稼没问题，一定是个丰收年，但他总是不放心。他说，现在说好，有点过早，秋后见实，才能说好！

当我们行至西庄川时，张书记指着一块玉米地说："忠文，你从这块地里，给咱量出一分地来，看有多少株。"

我用步法量出一分地，将株数一数，在300株以上。这样，一亩地自然在3000株以上，比当初集体地时，多栽了800多株。这时，张书记说："我这只是随意挑了一块玉米地，密度就这样的高。可见，如今的老百姓，多么注重庄稼的密植。你再告诉我，一穗玉米能打多少斤？"

我用手量了几穗中等玉米说："就像这样大的穗头，一穗最少也抠它四两。"

"那么，这一亩地的产量，就能打到1200斤？"

"是的，准能打到，这是多年的老经验所证明了的。"

这时，张书记的脸上，虽露出了笑容，但他却说："这只是一种玉米的测算，还有谷子、黍子、豆子等一些低产作物。到秋后，都收下来后，才能证明增产不增产，增幅有多高。"

二

秋天到了，我们全公社干部，进行了一次认真细致观摩，一致认为，这是个不平凡的秋天，是近30年来第一个大丰收的秋天，广阔的田野上，一片丰收景象。

我们公社所有干部，都高高兴兴地吃住在自己所包的大队里。我们要求他们完成三项任务：监收监打，澄清产量；完成征购，交足集体；秋耕壮垡，场光地净。

秋收开始了，意想不到的是，广大群众的生产积极性空前高涨，他们都是早出晚归，披星戴月，有用不完的力气，使不尽的劲头。原定 个月先完成秋收、秋种、秋耕三项工作，结果，仅20天时间就都结束了。

我跑到县里，把秋收结果向张书记汇报后，当天上午，张书记就跟着我来了。他提出要三听：一听公社汇报，二听大队汇报，三听社员汇报。

公社汇报，他只听几个数字，不让细说，我们只讲了五个数据：一是增产幅度，由上年的亩产290斤，增至410斤，增幅为41%，获得空前大丰收；二是征购任务，县里下派任务为30万斤，实收150万斤，超额四倍，占到全县总征购任务的四分之一；三是上交大队储备粮120万斤没问题；四是要还清外欠粮食240万斤；五是社员口粮达到520斤。

我们的汇报，仅用了20分钟，张书记就提出要下大队。我们原想领他去常平，不料，他却提出要去全公社最穷的西庄大队。到了西庄，更是开门见山地问了亩产增幅与口粮两个数字，不到10分钟，就动身要去访问农户。他只让我一人陪他去，他不愿让大队干部引他去。显然是怕他们引到指定户（好户口），了解不到真实情况。

三

我跟着他走向村东，又拐向村北，从村北又扭向村东，爬了一道小土坡，走进一户农家小院。这个院里，只有三间西房，住着两位老人。户主叫闫建玉，通常都叫他老闫，我在他家吃过派饭，于是便说："老闫，你看这是谁？"老闫只是抬起头来细细打量。

"告诉你，老闫，这是咱们县的张书记，专门来看你了！"老闫一听是张书记，马上眉开眼笑地上前迎接："张书记，来，来，进屋来……"这时，他老伴也从屋里出来迎接。

我跟张书记走进他们的屋里，老闫用一块破毛巾，擦了擦椅子上的灰，让张书记坐下，而张书记却是站着问："老闫，你们家今年包产了吗？"

"包了，包了！"老闫很高兴地回答着。

"包产到户，好不好？"

"很好，很好，很好！"

"那么，你家包了几亩？打了多少斤粮食？"

"包了10亩地，打了5000斤！平均亩产500斤。咱这还是劳力弱，顶不起来呢。人家那劳力强的家庭，一亩玉米足要收到千把斤！"

"那……那……"张书记前后左右看了一遍后，问："那你的粮食在哪里呢？"

"噢噢！对了，对了……来，来，来，张书记，到楼上看看！"老闫走到楼口下，指着那个木梯子说。

于是，我们跟着老闫上楼一看，黄澄澄的玉米穗，满满堆了一楼，连踏脚之处都没有，张书记吃惊地说："好家伙，这么多？""是啊！这是一万斤玉米穗，还没变成籽，自然就多！"老闫回答着。这时张书记拣起一穗中等个头的玉米穗，用手指量了量，有一尺多长。便问："这一穗玉米能抠多少籽？"

"抠半斤，不成问题。"老闫肯定地回答着。

看了这一楼玉米，张书记高兴极了。下了楼，才坐在椅子上，问起来："你今年全种的是玉米吗？"

"是的，玉米产量高，还好耕作。"

"你这5000斤玉米籽，是怎样计算出来的？"

"太好计算了！"老闫兴奋地说，"多年的大锅饭，早已得出结论，2斤穗头抠1斤籽。这一万斤玉米穗全部过了秤。"

"那么，你的包产指标是多少？增产幅度有多高？"

"我的地不算好，大队给我的亩产指标是300斤，而实际就打到

500斤。"说到这里，老闫伸出拇、食二指，捏在一起说："增产了六成（即60%），只多不少！"

张书记一听增幅上到60%以上，心里有说不出的喜悦：从老百姓的嘴里得到了实底，深知老百姓得到实惠了。于是又问："你用的是什么种子？"

"丹玉6号（丹东市培育的），这个种子很好，又耐旱，收量又重，又好吃。"

半个小时过去了，张书记还在思索着……他向我们讲的是"三听"，实际上是一听，中心是想听听老百姓的心声。

看起来，他还要问，他要打破砂锅问到底："老闫，你再说说这5000斤粮食，要怎样安排？"

"征购任务……"老闫边算边说，"每亩只收30斤，10亩地是300斤，而我要卖出2000斤（超过五倍多），因为还要花钱呀！就得多卖。大队要的储备粮，每人要50斤，我们家四口人该交200斤。另外，多年来借下别人粮食400斤，今年丰收了，就要一次还清。好借好还，再借不难。这样算下来，我们家还剩2400斤，每人平均600斤，哪能吃得了？"

在这里，不知不觉已经过去一个多小时了。临别时，张书记拍着老闫的肩膀说："你要好好干，下年再来看你。"

张书记从老闫嘴里，得到很多真实情况。他感到一滴水见大海，从这一户中就证明了包产到户的效果。因而，他高兴地对我说："无论听谁的汇报，也不能忘了听老百姓的汇报，老百姓都说的是心里话。实践证明，你们公社赢了！你们为全县搞的这个农村改革"试验区"成功了！你们把活生生的事实，摆在了全县人民的面前！也就是说，在这个关键时刻，你们为县委解了困，排了难，争了光，壮了胆，给全县人民交出一份好答卷。"

四

张书记回县不久,就召开了全县的三干会与劳模会。县委在报告中,认真讲解了我们公社的包产到户。在此基础上,县委组织所有开会人,来我们公社进行了参观。参观的方法很简单,就是直接深入农户,进行访问。特别是380多个大队支书,他们不仅细访细问,还要亲自登楼看粮食,开窖看蔬菜,家家户户,都是热情接待,实话实说,有问必答。使支书们,越看越想看,越看越高兴。他们说,这是合作化20多年来,第一次看到这样多的粮食,第一次看到农民们的欢乐笑容。因而,大家从实践中受到了一次深刻教育。

接下来,县委进行了总结表彰,在全县的光荣榜上,把我们公社排在第一位,大奖了我们。全县共奖励了18辆自行车,我们公社就推走14辆(这在当时是最高奖品)。

会议最后,由张书记作了重要讲话,他要求全县在一个月以内,完成包产到户。由于两次大会的发动(八月的三干会与这次会),虚实并举的教育,使"包产到户"像火山爆发一样,遍及全县的每个角落。到1981年12月上旬,仅20天时间,就将全县的30万亩耕地,全部包在了户下。

1982年,全县获得空前大丰收,增产幅度大都在40%以上。全县的总增产额达到3200万斤。较全省提前两年,解决了全县人民的温饱问题。终于圆了张书记3000万斤"粮食梦",走在全省农村改革的前列。

感悟：求真与务实

求真就必须务实，请看张书记的行动：1981年秋天，我们公社因包产到户，获得大丰收。我们社、队两级干部，已经认真地向他作了汇报，然而，我们万万想不到，张书记还要脱开我们，自选一户去了解。他还要登上人家的阁楼，亲眼看看收获的结果。他说："无论听谁的汇报，也不能忘了听老百姓的汇报，老百姓说的都是心里话！"

张书记的这一举动，说明了两个问题：一是，不能只听桌面汇报，还要去具体了解情况；二是不受大队干部摆布，务求真实情况。以一个县委书记的身份来讲，张书记的这种求真务实的做法，我还是第一次见到。我是个公社书记，都没有这样做过，这给了我很大的启发。

张书记与造林专业户路其昌

1981年4月初,一个天气晴朗的早上,黄角头大队支书路建明给我打电话说:梁书记,给你报告个好消息,咱们定的那个造林专业户路其昌,先在山坡上开出10亩荒地育松苗,已经出土,长得很好。这真是意想不到的好事。他为咱们公社的荒山绿化,开了个好头,如有空的话,请你马上来看看!

一

是的,我是一定要去看的。因为我一接触路其昌,就觉得他是个人才。

事情的起因是这样的——

公社号召学习秦嫦娥,路其昌亲自来参观过。可是,他想:我住在这大山上,该怎样学呢?难道说,就只能学养蜂、学喂猪、学喂鸡吗?就不能当个"造林专业户"吗?显然,这是个创新念头。这是因为黄角头大队处在一架山梁上,全大队的总面积是3800亩,而荒山就占3000亩。新中国成立三十年,年年造林不见林。多年来,全大队总共花去13000多元，购置松籽6000多斤，也没有把荒山绿化好，人们对荒山造林失去了信心。

路其昌生在这里长在这里，看到这千年荒山不变样，穷山恶水常遭殃，心里总是压着个大石头。尤其，30年前，他父亲在世时，曾痛心地说过：咱生长在这大山上，就应该热爱这大山，靠这大山活。如能把这3000亩山坡全部变成油松地，30年之后以长成檩材算账，一亩以400棵计，一棵以20元算，一亩就是8000元，3000亩就是2400万元。咱们村是个200口人的小山村，人均（固定财产）就是12万元，我们怎么能不富裕呢？父亲的话，虽然说得很好，那也只是"梦想"。

如今，三中全会传来好政策，秦嫦娥给我们引出致富路，张书记又向我们送来六个"给"字，说不定，这正是给了自己一个绿化荒山的好机会。那么，这个想法对不对？大队敢不敢答复？路其昌思来想去，拿不定主意，就直奔公社来找党委。他把这一想法讲出后，使我们大吃了一惊：这是个身高一米八的中年大汉，他的行动有来头，说话很咬板，显然是个很有个性的人。谁也想不到他会产生这种念头。应当肯定，这是一个新思路、新做法，这是前人所没有做过的事。但是，这种事，免不了会失败。尤其是荒山造林，往往是失败的多，成功的少，还没有人能够走出一条成功路。

从我们的亲身经历看，壶关的百万亩荒山，曾经多次绿化过，但还是荒山。如今，路其昌想当"造林专业户"，实在是不可思议。当今社会是解放思想社会，是让人敢想敢干的社会。路其昌的思想，自然也在解放，自然也想干一番事业，也许人家的想法就是对的，也许会创出一条绿化荒山的新路子。不管成功与否，有这种精神就可贵。于是，我们便建议黄角头大队党支部，要用创新精神组建造林专业户，把路其昌组进去。这样一来，便由大队与路其昌签订了全年荒山造林200亩的合同。路其昌就带领全家八口人，走上了这座大山……

至今，仅仅一个月时间，路建明就给我报了喜，我哪能不去呢？

二

我吃过早饭，一搁碗，就蹬车而去。公社离黄角头有近20里远，有三分之一的路还是山路。因心急如焚，车行似风，半个小时就到了。路建明就在村口等着我，我把车子放下，两人就上山。

上到山顶一看，正是一架大山的阳面。一大片荒地上，净盖的是一溜一溜的杂草。路其昌一家正在刨鱼鳞坑。路其昌见我来了，很快就走过来，边掀杂草边说："梁书记，你来看，小松苗长得多壮！我没有想到会长成这个样子。"他很高兴地告诉我，这是第一次试育，就成功了。当然，这和事前做了很多准备工作分不开。他说，这是搞好荒山绿化的第一步，这一步不成功，就谈不上绿化。

我听了他的介绍，深受感动，使我一下就想到了县委书记张维庆，因为，从我们确定路其昌为造林专业户起，张书记得知后，就很感兴趣，就认定这是新典型的出现，就让我们不断汇报。可是，到今日，已快一个月了，我们还未向张书记通气。小松苗已经破土而出，苗壮成长，还能再不去汇报吗？于是，我像疯了一样，搭车就走，一溜向下，直奔县里。

来到县委机关，很快就见到张书记。张书记见我汗流满面，又气喘吁吁，就笑着说："怎么回事？忠文……"他边问，边给我倒了杯水。我用手绢擦了一把汗，喝了一口水，就马上汇报。

张书记是个冷静沉着的人，从未见他生过气，发过脾气。比方，你来向他汇报工作，他总是认认真真听。听了，思考一下，才要发表意见。而今日，不等我把路其昌的情况说完，他就急了："怎么，怎么，你说的是真的吗？真的是在阳坡上吗？"好像觉得我是在说梦话或假话。我说："我还敢向领导撒谎吗？"

"那好，那好，咱们立刻就去看！"他马上叫司机开出车，与我一同搭车奔向黄角头。司机牛双富很有眼色，他从张书记的表情中，就知道得加大马力。

20里地，20分钟就到了。车只能停在黄角头村中，需步行上山。张书记的劲头很大，我们只用了15分钟，就冲上山顶。张书记一看，果真是一架大山的阳面。路其昌一见张书记来了，就高高兴兴来迎接。张书记是第一次见路其昌，马上与他热情握手。接着，路其昌就指着这一大片松苗开始介绍。

路其昌说："育苗，是绿化荒山的第一步，这一步走不好，就谈不到第二步的绿化。"接着，他就讲起过去把松籽撒在山坡上的教训（这和县林业部门汇报的一样）。如今，他改变了这种旧做法，采用了育苗方式。这就是：在山坡上开好地，刨好沟，撒好籽，埋好土，再盖好杂草等，既防止了野鸟吃与太阳晒，又保证了出苗。这时，路其昌深情地说："一斤松籽一万粒，只以80%的发芽率计，就是8000株。按一坨栽3株，一亩以440坨算，亩需1320株。而这8000株苗，就可绿化6亩。也就是说，一斤松籽就能管6亩地。我们这里有3000亩荒山，有500斤松籽就够了。而过去，我们大队曾花过13000元，买过6000斤松籽……如果按照现在的做法去办，那6000斤松籽，就能绿化36000亩荒山。可惜，这6000斤松籽，撒在山坡上，连一株树也没长出来，完全造成了浪费。我们再也不能干这种傻事了！"

张书记认真地听着他的介绍。

接着，路其昌就讲第二步：重点是想破解阳坡不能长松树的难题。他将这一问题讲出后，正讲在张书记的心坎上。张书记之所以很快来见路其昌，其目的，就正是想与他探讨这个问题。

三

问题的起因，是这样——

今年春天，党中央发出了"绿化太行山、黄龙变绿龙"的号召，要求在20年内全部绿化太行山。太行山涉及到晋、冀、豫三省78个县市区，而山西的县占着大多数。因此，引起了山西省委的高度重视，经过研究，便把壶关县定为试点县，让壶关先走一步，带个好头。原因是，壶关县处在太行山的顶峰上，山又高，气候又冷，让壶关县搞试点，最有说服力，也最有代表性。因而，省委便将这一千斤重担，压在了县委书记张维庆的肩上。面对这样一件大事，张书记哪能不着急呢？

为了带好这个头，张书记首先领着有关部门，对全县所有山岭来了一场大视察。视察结果，有林面积不达1%。这是为什么呢？老百姓清清楚楚地回答了两个原因：一是，自古以来，松树就是只长阴坡，不长阳坡；二是，阴坡虽然能长油松，但因大家没有经验，把松籽撒在山坡上，大都被山鸡、野鸟啄吃了。阳坡不长树，阴坡也没有长起来。

张书记认为：省委要我们先走一步，带个好头，自然是要我们先摆出一个好样板。而这个好样板，必然是阴坡、阳坡都长树。如果只能绿化阴坡，而不能绿化阳坡，就像人的头一样，半个长发，半个秃顶，难看是小事，造成经济损失是大事。壶关有百万亩荒山，如果只绿化一半，丢下一半，这一半就是五十万亩荒山不长树，这要造成多么大的经济损失？有谁能够算出这笔账？

那么，怎样才能做到阴坡、阳坡都长树呢？就在这时，有人向张书记介绍了一个典型：常行公社盖家川底大队有个荒山造林队，队长王五全，已经摸索出油松育苗和栽植的新技术，改变了过去那种瞎往山坡上撒松籽的坏做法。这就是"一季育苗，三季移栽"、"阴坡育苗阴坡栽，就地育苗就地栽"，成活率达到85%。这是王五全已取得的成功经验。这是因为盖家川底大队，夹在东西两山之间，所系荒山大都属于阴坡。这就要求他们必须先在阴坡上创出一条绿化路。同时，王五全也曾将阴坡育的苗子，栽到阳坡上去试验，其结果70%的树苗都死掉了。王五全正在琢磨把"阴坡"的做法，用在阳坡上可否成功时，张书记就来了。张书记听了看了后，深受感动，他认为王五全的创新精神很好，他已经解决了阴坡的绿化问题，已为荒山绿化立下了功劳；如再把阳坡的绿化问题解决了，将会成为一份圆满的答卷。因而，张书记亲切地握着王五全的手说："你要再接再厉，继续努力，再在这阳坡上创新路。"

如今，路其昌所讲到的这第二步，正是张书记所梦想的。张书记想：王五全与路其昌两个人，都做的是一个"梦"，只要有一个人突破了，我们就赢了。

四

为使路其昌走好这第二步，张书记便主动提出要"承包"他。因为路其昌的做法是新生事物。他如同一株初出土的幼苗，经不起风吹雨打。如不能很好地保护他、扶持他，就很容易夭折。他与王五全的情况不同，他是以个体户性质出现的，之前是没有见过的。用这种专业户形式造林，说不定会起到一个意想不到的效果。因而，张书记十分关注路其昌，每隔十天或半月，就要来见他一次，就要与他共同研究与试验。同时，张书记还把王五全的"阴坡"经验传授给他，供他参考。

张书记的一次次来，一次次鼓励，一次次指导，使路其昌的信心很足，他根据张书记的意见，参照王五全"阴坡"经验，经过六次试验后，终于成功。这就是：第一是创造小阴坡的鱼鳞坑。因为松树的特性，必须长在背阴处。而今要想在阳坡上栽树，就得在刨好的鱼鳞坑内，创造小阴坡：用石头或硬土块，砌成南高北低的小阴坡，将松苗栽在阴坡下。第二是创造保成活的技术。这是非常重要的一条。有好坑，有好苗，而栽不活，这是最大失败。这一关，必须做到严格二字，要做到起苗不伤根，运苗不干根，栽植不窝根；随起根，随沾泥浆（用原土做成泥浆去沾根，这是保成活的非常重要一条），随栽植（每窝3株），直壁墙根（紧靠小阴坡）；而后，"三埋"、"两踩"（用脚踩两下）"一提苗"（往高提一下，根就展开了）等，就能保成活。

在路其昌的六次试验中，张书记大都在场。张书记也曾试栽过一小片油松，大都成活了。路其昌高兴地掰着指头数了数说："张书记，我不会记错，半年之中，您已经来过黄角头十三次了，我的成功，离不开您的指导。"

就在这时，也传来了王五全绿化"阳坡"的成功经验。两个人的做法，基本相同。实践证明：阴坡育苗阴坡栽，阳坡育苗阳坡栽，就地育苗就地栽，这将是保证油松成活的成功经验。为此，有人给他们编了一首顺口溜：小松苗，脾气怪，怕风吹，怕日晒；鱼鳞坑内造阴坡，根沾泥浆直壁栽；三埋两踩一提苗，暂用杂草来覆盖；多亏五全与其昌，荒山绿化来得快。

五

一件心头大事取得成功后，将会极大地调动人的积极性。从此，路其昌一家起早贪黑地趴在山坡上。从春天到秋天，仅七个月时间，就完成荒山造林287亩，超出合同87亩，超过全大队三十年绿化面积的6倍多。经过县里验收后，成活率在90%以上。他的事迹登上

《太行日报》、《山西日报》以及《人民日报》后，很快就传遍了全国各地。前来参观取经的人，越来越多，北至吉林、黑龙江，南至广东与广西，遍及21个省，300多个县市区，5万余人次。尤其是广东、福建等地，还来人或来函邀请路其昌去给他们传经验、搞绿化。他成为全国专业户造林的首创人。

感悟：梦想与成真

作为县委书记，张维庆的工作自然是很忙的。然而，他还要挤出一定时间，去"承包"一户造林专业户。

这是为什么呢？一是他想让阳坡上也长出油松来，油松从来就是只长阴坡，不长阳坡，这是自然规律所决定的。然而张书记却想改变这一规律，闯出一条新路，让阴坡、阳坡一样长树。

就在这时，冒出个造林专业户路其昌，两个人的"梦想"不谋而合。于是，张书记就"承包"了路其昌。经过双方努力，终于圆了他们的梦想。这个"梦"圆得相当重要，它为全国的绿化立了一大功。实践证明：事在人为，人的因素占第一位。

绿化太行山壶关带了头

壶关县北有路其昌（距县20里），南有王五全（距县80里），这两个绿化荒山的典型一出现，就震动了全县。按说，有了典型引路，就应该推开全县的荒山绿化。

然而，张书记却是个站得高，看得远，想得很周全的人。他认为：绿化太行山，黄龙变绿龙，并非单单是绿化荒山这一项。平川、沟滩、道路、村庄等，都得进行绿化。壶关有百万亩荒山，10万亩平川，四百个村庄，五百条沟滩，6000华里道路等。只有处处绿化到，地地都变绿，才算是黄龙变绿龙。因而，便有了"11456"工程：一百万亩荒山油松化，十万亩平川林网化，四百个村庄四傍化，五百条沟滩杂木化，六千里道路林荫化。并指出三年绿化沟坡，五年绿化荒山的目标。如将这一工程全部完成，壶关就会变成一片绿色海洋，就会成为一座巨大的绿色银行。因此说，这不是一件小事，也不是一件简单事，而是壶关人民的一件大事！

一

面对这样一件大事，张书记认为，没有一点实践经验，没有一套组织办法，就凭着王五全、路其昌两个典型引路，就想搞好荒山绿化，恐怕是办不到的，恐怕是会遇到很多困难与问题的。尤其是人的思想更为重要。不是你说一句话，下一道令，人们就会给你办到。只有广大党员通，广大干部通，广大群众通，才能够开展起来。特别是坚定全县干部植树造林、绿化荒山的信心与决心，将是关键一条。面对这一问题，张书记明确地向我们讲了四点意见：一是外出参观，解放思想，坚定信心；二是落实政策，谁栽谁有，发放林权证；三是典型引路，发挥专业户的作用；四是科学规划，实施11456工程。

为了让全县干部从实践中认识绿化工作的重要性，从现实中学到一些好的经验与做法，张书记便组织我们20个公社书记和涉农部门的负责人，包了两辆大客车，亲自带队，到全省植树造林好的安泽、吉县、平陆、夏县等不同类型的地区去参观。在参观的过程中，我们一面是细心听取人家承包荒山、植树造林，谁栽谁有，并发放林权证等的好经验和好做法；一面是认真分析研究人家如何调动广大群众植树造林的积极性。

安泽县是全省荒山绿化最早最好的县，荒山大部分实现了油松化。人家的县委书记领着我们，在山林中转了两圈后，才给我们介绍经验。人家说，无论在什么时候，都得讲究经济效益。当初，在发动大家荒山绿化时，他们首先算了一笔经济账：每亩荒山植树500株，按20年时间长成檩材，一株价值20元计，年增值就是一元，一亩山林，年增值就是500元。张书记按照人家这个算法推算后，当场就向我们说：壶关有百万亩荒山，全部绿化后，每年的增值额就是5个亿，20年后，就是100个亿。到那时，壶关的人口由现在的22万发展到30万算，平均每个人在绿色的银行里储存着3000元。可以说，荒山是我们最大的银行，我们应当看到这个前景。

平陆县是沟坡四旁绿化。在绿化上，做得比较全面：沟坡，河滩，村旁，路边以及田间等，绿化都做得好。人家所植的树种也比较多：田间是桐树林网化，路边是杨柳林荫道，村旁大都是榆、槐，宅旁多半是桃杏。特别是沟坡与河滩，几乎都栽的是山楂、核桃与红枣等经济林。人家说，在好一些的沟、滩里，最好是发展经济林，它的效益比栽植木材树要高出30倍。这一做法，引起了张书记的高度重视，他说，我们的沟、滩很多，应当认真学习平陆，树立经济头脑，在沟、滩里，多栽开花树，年年创收入。特别是山楂、核桃、枣，营养价值很高，是人体必需的食品，应当大栽，特栽。

夏县是平川绿化。主要是田间林网化：50亩一个平方，四周全是钻天杨，一米远一株，一个平方一千株。它的好处有三点：一是能够调节气候，促进农业发展。一条条的林带，把地圈起来，就如同一座绿色小城，既能抗旱、抗涝、抗风灾，又能防霜、防冻、防冰雹。对改良自然气候，促进农业生产，起着决定性作用。二是能够调节雨量，创造下雨条件。一棵树就是一个小水库。凡是树木多的地方，雨量就多。原因是树木的根系不仅能够把地下深层的水分提取上来，还能创造下雨条件。这是人家多年的实践经验。所以说，造林就是造雨，造林就是造水。三是能够消灭地里的病虫害，保证苗全苗旺。凡是各种树木多的地方，地里的病虫害就比较少。原因是，害虫飞到树上，吃了树叶子（还会生出来），就保住了青苗。因为一切害虫都是要生活的，多数害虫都能够飞起来。而且，春天的害虫最多，树叶子比庄稼苗子出的早，正好适应了害虫的生活。特别是大旱之年，显得更为重要。由于这三条优势的出现，大大保证了他们的粮食生产，年年获得大丰收，增产幅度一直保持在20%左右。因而，张书记当即就对我们说：咱们县处在太行山的顶峰上，气候高寒，十年九旱，全县有10万亩平川地，应当考虑推广夏县的经验。

二

参观回来，张书记与我们一同总结后，一致认为，这次出去收获很大，既使大家开了眼界，树立了经济头脑；又使大家取到了真经，学到了不少的实用做法。于是张书记面对各公社的实际情况，按照"11456"工程的方案，做了周密安排。这就是，在集中精力、集中兵力，先打响"绿化太行山"第一炮的同时，特意指出了各公社绿化的侧重点。比方说，从百尺公社的韩庄水库起，到川底公社的西堡水库止，将近百华里长的一条干河滩，不见一棵树。途经四个公社12个大队，都应去绿化。这中间，店上公社应起到一个带头作用，因为他们就有六个大队，占据着主河道，他们起着决定性的作用。再比方，从店上公社起，途经七个公社到辛村，属于壶关的平川区，约有10万亩耕地，占到全县总耕地面积的30%。这不是个小数字，这七个公社应当认真学习夏县的林网化经验。如将这10万亩耕地全部林网化，按照夏县增幅20%的效果算，10万亩耕地就要增收800万斤粮食。按全县的20万人口平均，又可多吃到40斤。在这里，张书记向我们西庄公社讲的侧重点，就是林网化。这是因为，我们的位置正处在县城北面的一个特大的风口上。也就是说，我们的东南、西南、东北、西北四个角，均由四座大山相对峙，自然形成了一个大"十"字。而我们公社的多数大队都处在这里。因此说，东西南北四面的来风，就都要经过这里。广大群众反映说：自古以来就遭受着风灾、雹灾和旱灾，这三大灾害的常年出现，严重影响着农业生产的发展。因而，张书记强调说，如果我们公社能够积极地推广夏县经验，全公社实现林网化，改变了这里的气候，减少了这里的"三灾"，保证了农业生产的发展，这将是全县的一个最有说服力的典型，将会在全县起到一个很好的推动作用。尤其在壶关，显得特别重要，因为壶关从来就没有搞过林网化。但是，你们必须明白：搞林网化，你们是壶关的开头者，既不习惯，又无经验，自然要有阻力，有困难。应当认识到，这也是一场革命，还应用包产到户的精神去进行。

总之，张书记对各公社的侧重点，都讲到了点子上，使大家心服口服。

三

绿化太行山的第一步，我们县是先从黄角头大队路其昌这里开始的。这是因为路其昌是造林专业户。实践证明，效果很好，必须马上推广。因此，县委在这里连续举办了三次学习班：第一次是县四套班子；第二次是公社主要负责同志；第三次是县级机关单位的一把手。通过实地参观学习，在活生生的事实面前，大家从思想上认识了路其昌，从实践中肯定了路其昌。他的当年育苗、当年移栽、当年成活，阳坡与阴坡一样长，成活率在90%以上的经验，确实是为我们快速绿化太行山，摆出一个活样板。

在内外参观、学习、提高，上下左右思想统一的基础上，县委便向全县发出了"绿化太行山，打响第一炮"的号召。要求大家，北学路其昌的专业户造林，南学王五全的专业队绿化。经过自上而下的宣传、贯彻、发动，在充分调动起广大群众积极性的基础上，在全县的380多个大队中，组织起荒山造林专业户2345户，植树、育苗专业队369个。让他们分别承包了全县的荒山造林和植树、育苗任务。与此同时，还充分发挥了林业部门的职能作用，让他们严把了质量关与后勤关。特别是林业局长张平和，是个特别能干的人，在关键时刻，他不仅购回松籽30万斤，各种苗木近百万株，及时满足了所需；他还具体制定了各种管理办法与奖惩制度，深得张书记的好评。

由于张书记抓得早、抓得紧、抓得准。使全县的绿化运动，开展得轰轰烈烈，有声有色，十分顺利。到1981年底，全县的造林面积就达到81540亩，育苗1140亩，四傍沟坡植树480万株等，分别超过当年国家计划的954%，128%和140%。一年造林，相当于前31年中，人工造林总和的1.27倍。省里经过认真验收后，充分肯定了我们的成绩。省委表扬了我们，说我们壶关带了个好头。

四

万丈高楼平地起，打好根基是第一。从1981年起，我们壶关的荒山绿化，由于走好了第一步，从此就走向了长期绿化之路。尤其是壶关的领导干部，总是一任接着一任干，任任都是接力赛。到1984年10月13日，我们壶关县终于迎来了大喜事：中央在壶关召开了"绿化太行山"的第一次现场会。参加会议的人，不仅有太行山区涉及到的晋、冀、豫三省78个县市区的主要负责人，还有北方14个省市区的林业系统负责人及技术员等，共计500余人。通过在全县各地参观后，中央肯定了我们的成绩，总结推广了我们的经验，给了我们壶关县很高的荣誉。这对壶关人民是极大的鼓舞；这对全县的绿化，是极大的推进。而后，山西省又来这里开过几次工作会与经验交流会。开一次，推动一次；推一次，上升一次，使壶关的绿化，步步向前进，次次都升级。

时至今日，已过去30个年头了，壶关的绿化工作，越搞越好，越出色！这就是全县荒山有林面积，由1981年的8.15万亩，增加到103万亩；森林覆盖率由5%上升到50.6%；水土流失面积由82.3%下降到30%。同时，全县共完成有规模、有品位的精品绿化工程100多个，新植各种树木2000多万株，新增绿化面积20余万亩等。铁的事实表明，地处太行山巅的壶关县，确实变了，确实脱胎换骨了，再不是过去那种童山秃岭，穷山恶水的面貌了。如你能站在壶关最高峰的十里岭上一观，你就会感到十分惊人：

    千年的干石山，穿起绿装。
    古来的干河滩，插满柳杨。
    从村庄到田间，桃红柳绿。
    壶关县已变成，绿色海洋！

张维庆书记，虽然离开壶关30年了，但他在壶关的梦想，终由一代一代的后人来实现了。

因而，30年来，中央曾表彰过壶关八次，送给壶关八顶桂冠：全国太行山绿化先锋县、全国造林绿化先进县、全国林业生态建设先进县、全国园林化县城先进县、全国林业标准化建设示范县、中国绿色名县、中国优秀生态旅游县、全国生态文明先进县。

1982年，王五全被评为山西省林业劳动模范，受到省委、省政府表彰；1989年11月，王五全被评为全国劳动模范，出席了全国劳模表彰大会。

感悟：取经与用经

在"绿化太行山"中，我们壶关县为什么能打响第一炮？壶关的绿化为什么能成为全国的示范县？20多年来，中央为什么会给壶关连续戴上八顶"桂冠"？

一句话：万丈高楼平地起，打好根基是第一。而这个根基，正是张维庆书记打的。他之所以打得这样好，其中有一条重要经验，就是"它山之石，可以攻玉"。他亲自带领全县的80多名领导骨干，针对性地参观了安泽、平陆、夏县等地。把兄弟县作秀、实用的绿化经验，都用在了我们县的绿化中。他说：取经不用经，就不是共产党员的作风，白花老百姓的血汗钱，我们会落下骂名。

而今，"参观取经"这四个字已经变质了，已经成为"外出旅游"的遮羞布。

张书记要我们实现林网化

1982年，元宵节后，张书记就来了。见到我就说："我今天来，只想与你商讨一个问题，就是林网化问题。我曾经向你讲过，你们公社的位置很重要，如果你们能够积极地推广夏县经验，全公社实现林网化，将会在全县起到一个很好的推动作用。尤其在我们县，你们是开头者。今天就是要具体落实一下，看你们想通想不通，愿不愿带这个头。"

我说："完全想得通。在夏县参观时，我就想到了这个问题。参观回来，你在县上针对我们公社提出林网化，我就感到这是百年大计。"

"那你说说你的想法与打算。"

我说："我心里已经有个谱，全公社比较平坦的土地有15000亩，占总耕地面积的70%。以50亩划一个方，将要划出300个方。粗说，一个方以栽树千株算，约需30万株树秧。林网化的树秧细了不行，至少得有擀面杖粗。我打听了一下价格，到长治市苗圃买一株好树秧要花一元钱，这样，共需投资30万元。我计划与信用社商议一下，先给各个大队贷起来。但是，有一个问题我很担心，这就是栽树容易，护树难……"

"这是为什么？"张书记要我说说理由，我向他讲了一件事——

一

这件事，发生在去年春天：西庄大队团支部为了纪念"五四"青年节，大家集资200元，特意从长治购回400株北京杨树秧，在村北绿化了一条小路。这条小路，又整齐，又好看，称为"青年路"。北京杨是一个好品种，他们是第一次引进来，为我们做了一个样板。因而，我们党委当即就表扬了他们。

可是，意想不到的是，当天夜里，就有人偷掉30株树。团支部书记发现后，非常气愤，立马就跑来公社报案，要求立即查处。于是，我们便通知派出所去破案。

这案好破，很快就查出是两户社员合伙偷的。他们之所以偷，是因为看到这种树秧太好了，就想偷上自己栽，并非是破坏。派出所正要准备抓他们，西庄大队支书却出面讲情了，他再三请求，不要抓捕，说这两户社员偷了树，就知道错了，就主动找到他认罪了。因而，支书特意说，这两户社员，历来是好样的，这是第一次犯错误，这叫好人办坏事，应该让他们一步。支书出面了，也只好送给他这个面子。可是，青年们却反对得很强烈，说什么，偷了树，也没罪，这以后，谁还敢再栽树呢？

事后，我总感到，这件事处理的不妥当，应该抓一抓，压一压才好。如今，要搞林网化，要大片大片地去栽树，这不就更会有人偷吗？好人还偷呢，何况是坏人？将来怎样保护呢？这不能说不是个问题。

张书记细细听后，就笑了，他说："看问题，必须一分为二看，你说是坏事，也许是好事，就拿西庄支书讲情说吧。我感到他讲的对，你给了他个面子也对，为什么这样讲呢？我认为，老百姓早已有了栽树的积极性，只是没有树，只好去偷树。他们为什么要偷呢？就这一个偷字，反映出一个大问题，这说明我们的工作做得还不够好，老百姓还没有富起来，如果社员手里有了钱，谁肯在这三更半夜里去偷呢？谁肯去自找犯罪呢？因此说，他们用这个'偷'字，将了我们一'军'。"

回过头来，张书记反问我："忠文，你说，我讲的对不对？"张书记竟是这样的看问题，想问题，他把一个"偷"字，就看得这样重要。这说明，他处处站得是老百姓的立场。我哪里会这样想呢？于是，我说："灯不明，只怕一拨，我完全理解了！"

二

接下来，张书记就给我讲花 30 万元钱买树秧的问题。他说："你想一个早上就实现林网化，这个心情可以理解，但是，很不客观。穿衣吃饭量家当，没钱不能办有钱事。可以说，你们公社在现阶段，仍还处在困难时期。尽管一个劳动力每日大都能挣到一元钱，但是，要花 30 万元钱去买树秧，而且是贷款，却不是个小问题。应当算算账，怎样才能挣回这 30 万元。我认为，你们得拿出 1000 个劳动力（占全公社总劳动力的 25%）劳动一年，投工 30 万个，才能够挣回这笔钱。我们决不能干这种傻事，凭空地给各个大队闯下这么大的饥荒。我们应当是花小钱，办大事，或者不花钱，也要办了事。"

我笑着说："张书记，你说，哪个巧媳妇能做上无米之炊？"

张书记也笑了，他说："就是要让你这个巧媳妇，来做做这无米之炊！"张书记停了一阵说："我为你想了一个办法，就是育苗。"

这一说，使我豁然开朗：为什么自己就没有想到这一步呢？张书记继续说："你们全公社有 2 万多亩地，抽出 1% 的土地育苗，就是

200多亩。每育一亩苗，以投资100元算（也等于100个工），连工带料，准有人承包，也准能育好苗。从平陆和夏县的经验中看，一亩育苗额，大都在3000株以上。这样，只需投资2万元，就可育出60万株好树秧。就这一下子，就会给全公社省出28万元。有了这60万株树秧……"说到这里，张书记突然问我："你算过账没有？全公社完全绿化后，需要多少树秧？"

我说："林网化需要30万株，四傍、沟坡20万株，社员户下10万株，一共60万株，完全够用。"

张书记又笑了："这样算下来，就没有余头呀？也可育一些榆树、槐树之类的树，亩育苗额，可达到5000株以上。再说，老百姓也愿意栽些这类树。你们很好调剂一下，就够用有余了。"

与此同时，张书记还特意指出：要我们制定一个很好的绿化方案或决定，把我们的想法、做法及措施等都写进去，像发安民告示一样，发到老百姓手里，让老百姓都知道你们要做什么。为什么要这样做。怎样去做等，以此来调动老百姓的积极性，共同来打胜绿化这一仗。

张书记临走时，还强调了两个问题：一是，大家既然喜欢北京杨，就要多育一些北京杨。千万不要再育波埃15号，这是从国外传来的一个劣质品种，树未长成心就烂了；二是，必须满足社员户下植树的要求。

三

张书记走后，我召开党委会，把张书记的意见讲给大家，大家听后，都说：张书记的心，总是时时刻刻系着老百姓，总是处处为着老百姓着想，总是能省一分就省一分，能不花钱就不花钱。他不让买树秧，提出育树秧，一下子就要为老百姓节省出28万元，等于28万个投工。这是多么大的一笔款呀！因而，大家对张书记提出育苗意见，非常满意。但是，所愁的一点，就是找不到北京杨的插枝。北京杨，别说在本公社找不到，就在全县范围内也很稀少。

这该怎样办呢？我召开各大队支书会，首先传达了张书记的意见，大家也一样的满意。按照总土地1%的比例，算下来，育苗地共有210亩，大家觉得很合理。问题是，一提起北京杨，就都嘟了嘴。我说，大家不要忘了毛主席的话：世界上，只要有了人，什么人间奇迹都会创造出来。希望大家各想办法，努力完成。

分管林业的党委成员王安保，这一段，我要他专管育苗动态，由他具体掌握情况，及时汇报。

十天之后，王安保高高兴兴来叫我，要我跟他到河口大队走一趟，他说，他要给我一个惊喜——他把我引进河口大队村边的大河滩上，指着一块十亩大的河滩地说："一行一行的插秧，已经长出绿叶，又整齐，又美观，全是北京杨插枝……这是河口大队最好的湿地，一亩2800株，准能长好。"我看后，确实感到惊喜，便问："这是怎样搞来的？"这时，河口大队支书王小秃已在身边，经他一讲，才知他是个有心人，这就是——

那天，公社开完会，王小秃没有回家，就蹬着车子往长治市方向去了。这是因为，他因事去过长治，曾路过一段长陵公路（从长治市到陵川县），发现两旁的树长得特别好，听人说是"北京杨"。究竟是不是，急需落实一下。因而，他一出公社门，就直奔长陵公路。跑到后，一看一问，果真是北京杨，王小秃高兴极了。次日一早，就带了几个人，到长陵公路边，用修树方式采枝条，从早到晚，连采了三天，就采回3万多根插枝。

王小秃为我们立下了这样一个好样板，多么可贵，多么及时！于是，我们马上就在这里召开现场会，进行推广。这一来，大大激发了各个大队的育苗积极性。他们大都跑出50里以外的长邯、长晋、长太等公路沿线，去找北京杨。这样，不出半个月，14个大队就按计划按要求完成了育苗任务。其中北京杨150亩，其他杂木树60亩，共可获取树秧75万株。

在一个春风送暖的日子里，又是王安保，要给我一个惊喜，要我跟他出发。我问："是什么事？你就不能先说说吗？"

他说："当然，还是育苗的事。"

我说："我都知道了，王家河育了一部分洋槐树；王章育了一部分东北榆，还会有什么新品种？"

他说："都不是你说的这些。"

"那是什么呢？"

"不能告诉你，你必须跟我去。"

于是，我只好跟着他走，一走就走到了黄角头大队。刚进村口，王安保就指着眼前的一块地说："梁书记，你来看，这一行一行的大苗子，叶子像猪耳朵，你猜猜，这是什么苗木？"

我一看，便说："这还用猜？不还是波埃15号？张书记早就讲了，这是淘汰品种，为什么还要育？"

他笑了，说："不对，你再猜。"

我说："不是15号，便是鬼拍手（当地一种大叶杨）。"

"还不对！"王安保见我猜不来，才实说："这是桐树！"

"什么？是桐树？"我一听说是桐树，就感到很稀罕："哪来的这品种？"

这时，正好黄角头大队支书路建明来了，他告诉我，这是他们跑到河南，专从兰考县购来的，一共购回一万根（桐树是用根育苗）。

他说："你不是叫咱们学平陆，实行桐网化吗？"

这真是一个惊喜：他们把兰考的桐根都购来了，这该有多好！我们搞出桐网化的试点，这在我们县又是第一家。

五月份，我们组织社、队两级主要干部查看后，全公社共育苗210亩，普遍生长良好。经过测算，共育苗74万株。全公社共需60万株，还能剩出14万株。

为了保栽保活保质量，一次搞成功，我们拉长了苗木生长期。从1982年春天到1983年秋天，将近两年时间，使所有苗木，长得都很好。特别是北京杨，大都长有擀面杖粗。

四

我们的绿化决定是：从1983年秋季开始，到来年春季结束。根据我们公社三家村大队与黄角头大队的经验证明，秋季植树成活率最高。原因是，秋季墒情足，树又处于冬眠阶段。因而，今秋的重点是林网化，明春是四傍绿化。我们的保证措施有五：

一是抓宣传，人人皆知。这和打仗一样，战前动员非常重要。只有把植树造林的重大意义向广大群众讲清楚，充分调动起大家的积极性，才能够打胜这一仗。尤其是林网化，不仅在我们公社是首次，就在全县也无先例。正如张书记所讲的："搞林网化，你们是壶关的开头者，既不习惯，又无经验，自然要有阻力、有困难，应当认识到，这也是一次改革，还应用包产到户的精神去进行。"因而，我们首先是讲清了我们所处位置：由于公社古来就处在一个大风口上，常年遭受着"旱、雹、风"三灾，使我们的农业产量一直不稳定，往往是欠收多，丰收少，在现阶段，能够解决这一问题的唯一办法，就是林网化。夏县的经验已经证明：林网化后，除不减产，还增产20%左右。其二是，我们公社党委、管委特别制定了一个"绿化全公社的决定"。在这个决定中，有很多办法都定在上面，有很多问题即可解决。这个决定非常重要，我们共印了4000份，除部分张贴在街上外，每户都发一份。要求大家认真学习，领会实质，为绿化鸣锣开道，加油鼓劲。

二是抓领导，亲自上阵。无论什么样的工作，能不能搞好，领导起着决定性作用。只要主要领导亲自上阵，直接指挥，这项工作就必然会搞好。今天要搞林网化，又是一项新工作，必然会出现新的矛盾与问题。比方说，地要成方，树要成行，土地已都包到户下，树要栽进地中央，恐怕有的老百姓就想不通。这就必须领导出面，亲自解决。因而，从公社到大队，都成立了领导组，均由一二把手担任正副组长，亲自下地指导；

三是抓规划，科学安排。规划工作十分重要，既要考虑到"三防"，又要考虑到树种，还得考虑到美观，必须科学安排。面对这个问题，我们请示省林业厅，给我们调来技术员，帮我们搞了规划。这就是：一是利用路，开三条防风林带。即：从三家村通往集店为第一条；从东长井通往集店为第二条；再从集店通往常平为第三条。每条林带栽植五至七行树为标准，以此来防止西北风的侵袭。二是规划树种。长钢铁路线横跨我们公社东西，把全公社分割成南北两半，北半个面积大，占到绿化总面积的70%；南半个面积小，只占30%。又因铁路随着地形高低的曲直，大都高出地面5至10米，无形中形成了一道城墙。因此，规划便定为：铁路以北为杨树，以南为桐树。因桐树耐寒性弱，须由铁路线保护。三是平方的规划，不死搬，该大即大，该小即小：全公社15000亩平川地，划为百亩一个方的110个，划为50亩一个方的80个，大小方共计190个。

四是抓林权，谁栽谁有。从平陆，夏县等地取来的经验中看，落实林权非常重要。因为林权关系着广大群众的切身利益，它能够充分调动广大群众植树造林的积极性。因而，我们的做法是：一针见血，谁栽谁有，树随地走，归个人所有。

五是抓参观，现场取经。过去，对于植树造林，拿我本人来说，就是一般化认识。总是随势而行，从不认真。自从1981年跟随张书记到安泽、平陆、夏县等地参观后,使自己感受很深,认识程度很高。无论从哪方面说,都是有利于人民的事。这说明,参观的作用很大,十听不如一见。绿化的准备工作已经就绪,现在是只欠"东风",我们把参观比做借"东风",必须马上去借。于是,在国庆节前夕,我们就包了一辆大客车,组织全公社的社、队两级主干,按照当初张书记引过的参观路线,远走千里,参观了安泽、平陆、夏县等地。受到了深刻教育,取得了丰富经验,为今秋、明春的绿化,奠定了坚实的思想基础。

五

第一仗是林网化:从1983年11月6日至20日,仅半个月时间,规划的190个平方全部完成,栽树25万株。

第二仗是四傍与沟坡绿化:从1984年3月16日至4月1日,也是半个月时间,全部完成,共植树20万株。在此同时,我们特别突出了社员户下的植树:让他们挑好秧,挑大秧,挑品种等,大大满足了广大社员的要求。户均植树30株,共植树11万株。

两个战役,共植树56万株。所育树苗,还剩18万株,先后大都出售到外地。

这时候,尽管张书记已经调走了,但他对我们公社的期望,却已实现,已经达到他所预想的结果:这就是,从1984年春季全部绿化以来,特别是实现了林网化后,我们公社的气候大有改善,三大"灾害"很少出现,粮食生产稳定发展。

1986年7月,万万没有想到,我们公社却给县委帮了"倒忙"——

这年,壶关遭受了特大的旱灾,眼看就到立秋了,庄稼还没有离地皮,最高的庄稼也没有超出一米。眼看着就要干死了,使县委不得不向省里打报告。省里接到报告后，立马就派工作组前来壶关查灾。他们乘车，一进壶关交界，就放慢车速，开始察看壶关旱情。可是，他们所看到的，不但没有旱情，反而是一片丰收景象。这正好是我们公社所管辖地。走出我们公社交界，不几步，就进了县城。因而，坐在车里的工作组十分生气，他们进到县招待所，一见壶关的领导就发脾气："你们壶关是怎么搞的？庄稼长得那样好！灾情一点也看不到，你们为什么还要谎报灾情？"当下，就弄的县委下不了台，只好领着他们去查灾。他们一出县城南门，灾情立刻就出现了。走走，看看，走走，看看，往南一连走了40多里地，灾情一处比一处重，所看到的庄稼，几乎无收成，这才算打消了工作组的怀疑。

　　事后，县长刘德宝来了，一进门就说："你们西庄公社，真弄得人哭笑不得……不过，也好，说明你们的林网化，确实是保障了你们的农业丰收，也算为我们争了光！"

感悟：购苗与育苗

搞林网化，我本来是想贷款30万元买树秧，但张书记却反对这种做法，他要我们自己育苗，就这一个"育"字，就省出了28万元，在当时这是一笔巨款。

从这件事的出现，又一次说明，张书记的爱民之心太强了，他处处站的是老百姓的立场，事事都是绕着老百姓转。身教胜于言教，事实最能育人。从此以后，每办一件事，我都三思而后行，特别是花钱问题，都要想一想：钱从哪里来？用得对不对？效果好不好？如何向老百姓交账？

13 张书记与一包"苦苦菜"

1982年3月下旬的一天，我受许秀英的委托，带着一包苦苦菜，来看张书记……

一

我迈进张书记的门，张书记与他爱人田玉英都在家。我把这包苦苦菜往餐桌上一放，还未来得及解说，张书记的脸就变了："忠文同志，这是什么？"

我本来是要实话实说的，但见他的脸色变了，我也就拐了弯儿：只说是"一包菜"，而不说是"苦苦菜"，更不说是许秀英送的。

他问我："这是谁给的？"

我告诉他：是一位农妇给的，人家说认得你，听说你要调走，就托我给你捎来了。

我这一讲，把张书记弄糊涂了，说什么他也想不到是许秀英捎的。这时，尽管他的态度更加严肃了，但我深知他是个和蔼可亲的好领导。他语重心长地说："忠文同志，你该知道，我来壶关两年了，谁敢给我送点什么东西？"

我笑着说："这仅仅是一包菜，有什么了不起？"

"你不要小看这一包菜，今天送你一包菜，你收下了，明天就会送你一袋粮，后天就敢变成一叠钱，古话说得好'开始贪针，到后贪金'……忠文同志，我知道你是个好同志，但是，好人不能帮倒忙啊！"

玉英也在一旁插话了："老梁同志，是你不知，他这个人，虽然年纪轻，但'三八'作风，却记得清。"

我还是笑着说："我知道，从县级机关，到公社、大队，无论哪一级的干部，都不敢给张书记送点什么，可是，想不到的是，这却是一位老百姓送的。"

"越是老百姓送的，就越不能收！如果我要收下，将这件事传出去，老百姓们就会说我一文不值：连老百姓的一包菜，他都要收下，何况是别的东西呢？当然，我知道，眼下是没有人敢往社会上传的，因为我是这里的书记，权还在我的手里。问题是，我走后，就会有人说我，评论我，甚至还会给我排个队。"张书记越说越严重，越说越激动。

而我还是笑着说："你不收，我也不能强迫你，总能打开看看吧？"

"看你说的是啥？我不收人家的，却要打开看看，这是为什么？难道说，让我看一看，就会收下吗？"

我说："田野上生长着万物，什么植物有毒？什么植物无毒？什么植物可食？什么植物不可食？如能辨别出来，这将是一门很深的学问。我知道，这包菜，来自田野上，究竟是什么菜？你不一定能认得，打开看一看，见识见识，又有何妨？"我这么一说，张书记不吱声了，我就打开了。

这时，张书记一看，就笑了："不就是苦苦菜吗？我哪能认不得呢?"

二

"是的,是的。"我高兴地说:"张书记,你真不简单呀!一眼就认出来了。"

张书记笑着说:"忠文同志,你这是专门来考我的吧?告诉你,在一般情况下,你是考不住我的。我从北京大学毕业后,就来山西保德县杨家湾村当了小学老师。后来又当了包队干部。可以说,田野上所生长的一切植物,我大都能够认出来。别说是认植物,就连农村里的很多农活,我都会干。比方锄地、搂地或翻地等,我都不是外行;再从养殖业上看,养猪、养鸡、养兔等,我也会干。猪圈里的肥,又稀、又臭、又难挖,我也一样会挖出来。还有人说,小学教员最难当,家有半升粮,不当娃娃王,但我也当过:杨家湾是个小山村,几十个学生,我也一样地去教他们。我感到山区的孩子们,是那样的诚实可爱,有礼貌;对老师,是那样的关心爱护与尊敬……嗨!这扯到哪去了!"这时,张书记的话题,很快就又回到苦苦菜上来:"忠文同志,请你告诉我,这苦苦菜到底是谁给的?"

这时,我应该实说了:"是许秀英!"

"这就对了!"张书记已经猜到了她,于是又笑了:"你为什么要拐这样大的弯子?你这个玩笑开的可真不轻啊!"

三

这是怎么回事呢?原因就出在张书记身上……

张书记头上生了牛皮癣,两年多了,还未治好。而我们西庄公社集店大队有个女社员叫许秀英,她有个治疗皮肤病的祖传秘法:用刀片割破耳朵上的血管，将血挤出，再喝些苦苦菜水，就能治好。因为苦苦菜性寒、味苦，消炎解毒，清肝明目，对这类有毒气的病，大有好处。

我领张书记到她家治疗过几次，虽然效果还好，但正处于寒冬季节，苦苦菜根本找不到，必须等到春天。因为等春天、等苦苦菜，等得秀英简直要发了疯：春风刚刚吹过，青草刚刚发绿，她就跑到田野上去找苦苦菜。然而，毕竟气候还冷，残雪还在，苦苦菜仍还睡在土里……

如今，冰化雪消，春到人间，万物复苏，百花将开，苦苦菜终于露头了，尽管苗子还小，叶子还瘦，很不好挖，她也要去挖。她一连挖了两天，才挖了这么一小包。就在这时，传来了张书记要调走的消息，她心里，一阵阵难过，一阵阵发酸！无奈，她只好以苦苦菜为告别礼物，托我捎来。

张书记听我解说后，心情非常激动，他想不到，老百姓对党的干部是如此的关心与爱护。这时，张书记猛然想起一件事，问我落实了没有，我告诉他，两月前，就落实了，我正是要向你汇报哩……

四

张书记说的这件事，就正是许秀英家里的事。张书记在她家治病时，看到她的家里很贫寒，就问起她的家庭情况，从而得知：她家共有7口人，其中有5个孩子，就全是男的，最大的20岁，最小的才两三岁。全家人挤住在一个两间大的房子内。这时，张书记感到很寒心，便对我说，咱们应该照顾一下这个家庭，遇到招工，要先给她的长子争取。他要亲自向劳动部门打招呼，并要我亲手承办。

时隔半月，太原西山煤矿就来我县招工了，虽才几个指标，但县劳动局仍分来一个，就是我们为秀英的长子争取来的。当我把这件事讲给秀英时，她好像傻了一样，直摇着头说：这是在说梦话，这不是真的，根本不会有这样的好事给我……当我向她讲清，这是张书记亲自安排的时，她相信了，但却哭了……

西山煤矿是国家的一个大型矿区，设备好，待遇好，工资高。她的儿子上工后，第一个月就挣回200多元，比我这个公社书记的工资（52.5元），还要高出三倍。因而，感动的许秀英，又一次地掉了泪。她说："这是张书记为我们家栽了一棵摇钱树。我的孩子，一年就要挣回2500多元，以前我们全家干上五年，也挣不来这么多钱。用不了几年，我们家就会盖新房，娶媳妇，过上好日子……"她又说："人，不能没有良心，不能忘了恩人。"因而，她曾几次提出，要买些好食品，去感谢张书记。而我却是一再阻止，不让去，不能给张书记帮倒忙。

然而，许秀英送的这包苦苦菜，张书记却是高高兴兴地收下了，他说："破格了！在壶关，我这是第一次收礼！"

感悟：大事与小事

　　张书记与一包苦苦菜，是一个生动的爱民故事。

　　这件事的出现，又从另一个方面教育了我：原来，我总是把广大群众的吃饭和收入等问题，看作是大事，而对一家一户的事，都当作是小事。那么什么是大事？什么是小事？这要看出现在哪个范围内，出现在百姓家，以家庭说就是大事。拿许秀英说，家里穷得叮当响，连油盐菜都买不起。让他的儿子当了矿工后，她们的生活就好起来了，这不充分说明，百姓家里无小事吗？

　　从此，我的眼里就有了老百姓这个家。只要我看到或者听到百姓家的事，我就积极去做。

难道说，这就是对张书记的"考察"吗？

1982年3月6日，是个晴空万里的好天气。早上八点，我在壶关西庄公社院里站着，突然从大门外开进来一辆小车。车停在办公楼前，从车里下来一个小个子，看见我便问道："你们公社书记在吗？"

我马上回答："我就是。"

"是吗？就是你？"这人面露喜色，转身对车里人说："下车吧，书记在！"

这时，从车里下来一个大高个，戴着一顶前进帽，穿着一身褪色的蓝布衣。一见我，就握住我的手，热情地说："你就是这里的书记吧？"

"是，是……你是？"我望着大个子问。

"这是省委农工部的刘副部长！"小个子介绍说："我就是咱地委的。"

地委的这个小个子，我有些印象：好像是地委组织部的王保发副部长。于是，我便问："你是王部长吧？还在地委组织部工作？"

"噢，不是，不是"，小个子有点不太自然，"我已到了农工部……"

一个是省委的，一个是地委的，都是上级领导，这么一大早来，我想定是有什么重要的事，得马上报告县委书记。但是，王部长说："我们只是随便来这里转转，不麻烦县里的领导。"

刘副部长直奔主题："听说你们这里包产到户搞得挺好，就想来看看。"

一

他们了解的内容是农村改革情况，我就先从包产到户说起。当我汇报到我们西庄是全县第一家打破大锅饭、实行包产到户的公社时，刘副部长插话问："你这样干，不就是破坏农业学大寨吗？就不害怕吗？"

我说："怕是真怕，弄不好，就要栽跟斗。但是，有张书记的支持，我们就不怕！"

"什么？哪个张书记？"刘副部长问道。

"就是我们县委书记张维庆呗！"

"噢！就是张维庆？有胆量，好样的！"刘副部长听到这里，精神一下就振奋起来，要我接着往下说。

这时，我便竹筒倒豆子般地细说起来：

全国学大寨，大寨在山西。当时山西各地都在轰轰烈烈地学大寨，而我们却提出打破大锅饭实行包产到户，这心里是又想干又害怕啊！可再怕，也得解决老百姓吃饭的大问题啊！年年队里分的口粮不够吃，逼得老百姓自己想办法：先是借粮，全公社外借粮食达到240万斤，涉及到2省、5县、48个村；再是外迁，有150多户，500多口人，准备迁往土地多的沁县、武乡等地；再就是出走，约有80多人，不知何处求生。

面对这种情况，怎么能不让人着急呢？于是，我向张书记请示解决问题的办法。张书记提出，我们要解放思想、实事求是，一切从实际出发，在群众中想办法、找答案。

怎样去找这个答案呢？我们成立了工作队，走进百姓家与他们促膝谈心。百姓见我们是真心实意地为他们办事，就纷纷掏出了真心话：想要解决吃饭问题，唯一的办法就是包产到户，把土地交给农民。可是，这个办法太敏感，涉及面太广，谁又敢干呢？不干，又解决不了吃饭问题。

怎么办？想再去请示张书记，又怕给张书记添麻烦；不请示偷偷干，肯定要犯大错误！事有凑巧，就在这期间，听说张书记到太原开会了，还有10多天才回来。想来想去，在忐忑不安中，我们集体研究决定：先斩后奏！我们只用了七天时间，就将全公社所有土地承包给了农户。

听说张书记开会回来了，不少人都向张书记告状。可我们已经把土地包给了农民，圆了他们的"梦"，即便问责，也只得担了。但是，我们万万没想到，张书记却大胆地肯定并支持了我们！包产到户这本经，正好念在了他的心坎上。我们想的是全公社人的吃饭问题，他想的是全县人民的温饱大事。

为使全县尽快实行包产到户，张书记大胆地走了这样三步棋：第一步，树立典型。他认为我们的想法和做法是对的，符合广大人民群众利益，符合十一届三中全会精神。因此，他便把我们公社树立为农村改革开放的典型。第二步，广泛宣传。从初级社、高级社到人民公社化，20多年来的大锅饭思想已经根深蒂固，包产到户哪能那么容易？所以，他决定必须大力宣传，先从思想上解决问题。1981年8月初，县委召开三干会，专门研究、讨论包产到户问题。为了开好这次会议，张书记让我们公社常平大队党支部书记宋刘富（他曾在三类田中包过产）做了个包产到户的典型发言。这样一来，参会人员都受到一次深刻教育。会后就纷纷表示要学习典型，积极推行包产到户。第三步,现场教育。1981年秋后,我们公社因包产到户,获得了空前大丰收,亩增产40%以上。不仅超额四倍完成了国家征购任务(占全县总征购任务的25%),还还清外借粮食240万斤。面对成绩,张书记亲自来到公社进行了考察。他不仅在会议室听我们说,还走进百姓家,亲耳听农民讲。特别是听了西庄大队老农闫建玉的介绍后,得知他家亩增产60%以上时,张书记显得特别高兴,他激动地对我们说:"包产到户,你们走对了。你们用活生生的事实,告诉了全县人民:这是一条正确的路!"后来,县委就在我们公社召开了现场会,让全县380多个大队支书亲自参观并听取经验介绍。一个月时间内,全县的包产到户工作就全部完成了。

二

见刘副部长越听越感兴趣,我接着又汇报了集店大队的工副业生产和一些专业户、重点户的发展情况。刘副部长很感兴趣,提出到实地去看看。

来到集店大队,从瓦厂到缸厂,再到两座机砖厂,刘副部长跟我们边看、边谈、边议论,一连走访了四五个企业。刘副部长深有感触地说:"三中全会以来,我还没有见过这样好的典型。特别是两座大机砖厂,真了不起,你们这工副业为什么发展得这样快?"

"这个我还得先从张书记说起呢!"集店大队支书很高兴地告诉他:"张维庆书记亲自来我们大队给两个班子开了会,讲明了发展工副业的重要意义,我们也向他表了态,但他还不放心,回到县里后,还亲自给我们全体党员写来一封长信,要我召开党员大会,念给全体党员听……"

"是吗?"听到这里,刘副部长有点惊讶:"还有这事?"

我接过话:张书记的这封信,是去年春天写的。他在信中进一步说明了为什么要让集店再建一座机砖厂的想法。他的目的就是想让集店大队在全县起一个带头示范作用。张书记从全县人均收入表上查到，集店大队是全县最富裕大队。在大锅饭时期，他们一个劳动日就挣到一元钱，超过全县平均水平的一倍多。集店不靠山不靠水，还是个拥有700多户，2800多口人的大村，他们凭什么能把收入搞上去？就这些问题，张书记亲自考察了集店。考察中，有一点引起了张书记的注意：他们有一座土洋结合的机砖厂。年产机砖500万块，还销得特别快，大都销往了长治市。张书记认定，这是条引领农民致富的好路子！集店土质好，烧出来的砖质量有保证；长治市场大，机砖需求量多，而集店乡离长治市不足十公里，交通非常便利。可以说，在这里发展经济具有得天独厚的条件。

张书记在信中还分析到：在改革开放的新形势下，长治市将会展开大规模的基础设施建设，到时，机砖会成为香饽饽。在这种情况下，你们应当抓住机遇，看到自身优势。有这样的好条件、好优势、好项目、好市场，再加上好政策，你们更应带头干，拼命干。所以，集店大队按照张书记要求，只用了两个月时间，就新建成一座大型机砖厂，年产机砖上千万块。

听到这里，刘副部长感慨地说："你们的张书记眼光瞄得准，怪不得集店发展得这样快！那么，对你们公社又是怎样抓的？"我告诉刘副部长：张书记的做法是"麻糖滚芝麻，越滚越粗大"。他把集店大队发动起来后，就来做我们公社党委的工作。他要我们认清方向，鼓足勇气，学习集店，用一把黄土打天下。

从去年三月份起，我们就想办法，克服种种困难，先由十个大队牵头，只用了半年时间，就建成十座机砖厂，并全部投产。当年就生产机砖4000万块，全部销往长治市，年创收160多万元。只这一项，就使全公社人均收入达到120元，超过上年的一倍。

三

听我说到这儿,刘副部长显得更加激动,他说:"吃不穷、花不穷,指挥不好就会穷。实践证明,你们张书记的思路是对头的!"回过头,刘副部长又兴致勃勃地问集店支书:"听说你们这里还出了个'嫦娥奔月'的故事,咱们去看看好不好?"

于是集店支书就领着我们来到村中的秦嫦娥家。

秦嫦娥家的小院里,养着两头猪、20只鸡、20窝蜂。听到秦嫦娥汇报说,她家一年收入2000多元,全家四口人,人均500多元(比一个25级的干部年收入420元还多),刘副部长连连夸道:"你果真是奔到月亮上了!"

离开秦嫦娥家,刘副部长兴致不减地提出还想再看几户,于是,我们留下集店支书,由我一人领着他们到回龙庄大队,去看侯天乐家。

在车里,刘副部长问:"你们张书记来过秦嫦娥家没有?"

我说:不但来过,还在全县特别总结推广了她。他说这是三中全会以来出现的新气象,这是一个脱贫致富的好典型,这是给老百姓树起来的一个发展个体经济的好榜样。

对于秦嫦娥这个典型,张书记要求必须让群众普遍学习,让她的做法传遍千家万户,传到全县的每个角落。遵照张书记的要求,我们很快就在秦嫦娥家召开现场学习会,推广秦嫦娥的经验。打那以后,专业户、重点户的发展就像雨后春笋般遍及全公社。从去年3月到目前为止,仅一年时间,全公社"两户"的发展,就达到1100多户,占到全公社总农户的30%。

话说到这儿,车进了回龙庄。我领刘副部长直奔砖瓦厂,去看侯天乐的"经济联合体"。

在工地，侯天乐告诉刘副部长：学习秦嫦娥，他家发了财。去年春天，他包了大队的砖瓦窑，全家六口人干了一年，收入一万多元。张书记听说他家成了壶关县第一个万元户，亲自上门了解后指出：一户富了不算富，大家富了才算富。在张书记的指点下，今春，他就在村里选了14个贫困户，成立了砖瓦合作社，计划年人均收入1000元。

刘副部长听后，高兴地对侯天乐伸出大拇指说："好样的！好样的！听张书记的话，让大家共同富裕起来！"

四

从回龙庄出来，我就领他们到黄角头大队，去看全省林业劳动模范、造林专业户路其昌。

这时，已将近中午，路其昌一家刚从山上收工回来。刘副部长断定眼前这位满脸汗渍的大汉就是路其昌，便迎过去，高兴地叫了声："老路，你好！"两双手紧紧地握在一起。路其昌把我们引进他家，给我们冲了几杯红糖水，拿出香烟，主动地向我们汇报起荒山造林来。

"张书记早就把我'承包'了，他每十天半月就会来一次。从春到秋，半年时间他就来了十三次。所栽松苗成活了90%，他才算松了一口气。他和我们就像一家人，在山坡上跟我们同吃同干，和我们共同栽树……"说到这儿，路其昌指着墙上的玻璃相框让刘副部长看："这是在山坡上，张书记和我们全家照的相。"

在刘副部长的坚持下，我们又一起来到路其昌植树的山上。

到了山上，刘副部长已累得满头大汗，但他还是紧跟路其昌。从整地、撒籽、育苗、刨坑到栽植，了解得清清楚楚。路其昌说："张书记就是你这样的人。他不但打破砂锅问到底，还要亲手做一做，直到成功了，他才要认可你。"接着，路其昌向左边跨了两步，指着眼前的一片小树说："这都是张书记亲手栽的。"刘副部长看了看、比了比，与路其昌栽的树一模一样，小树在清风中微微点着头，刘副部长也显得更加高兴。这时，已是下午一点多了，该下山了。但是，刘副部长望着这座大山，流露出恋恋不舍的神情……

回到路其昌家，王副部长让我电话通知张书记，到招待所吃饭。

路其昌送我们到村边，指着路边的那十三株北京杨说："这是张书记亲手栽的……"

五

车行驶到杜家河村口，我的任务已经完成，便回了西庄公社。临别时，王副部长对我说："下午我们走时，再与你告别！"

西庄公社是壶关通往长治的必经之路。这天下午3点多，刘副部长他们返回长治时，车停在了公社大门口。把我叫出来后，刘副部长高兴地紧紧握着我的手说："忠文同志，我们就要回长治了。你做得很好，为我们提供了很多情况，谢谢你。"

这时，王副部长笑着打断刘副部长的话，指着刘副部长说："忠文同志，你猜这究竟是谁？实话告诉你，这是咱省委组织部的刘毅民副部长。"这一说，刘副部长笑了，我也傻傻地乐了。我又问王副部长："你呢？"

"我？哈哈哈……"他笑着说："你不是就知道吗？还在地委组织部工作。"

他们轻车而去了，我却糊涂了：明明都是省、地委组织部门的领导，却要说成是省、地委农工部的领导，这是为什么？这时，我才恍然大悟：难道说，这就是对张书记的"考察"吗？

半个月之后传来消息：省委在全省范围内，选拔几名思想解放、敢于改革、卓有成效的县委书记为省级后备干部。其中就有张维庆书记。

感悟：视察与考察

刘毅民考察张维庆的做法，虽然已经过去30多年了，但我仍觉得很好。好就好在：他是用视察的方法来考察。表现在三个"为什么"。

一、为什么刘毅民不以自己的真实身份来考察？很明显，他是想得到真实的情况，因为谁都知道，组织部门是管干部的单位，只要组工干部一出现，基层干部就会知道来意，考察情况也就不见得完全真实。而以农工部长的身份来视察，按照农工部的业务需求汇报，以汇报中带出来的工作情况进行考察，情况自然就真实了。尽管这中间刘副部长曾经多次提到过张维庆，但谁也不会往这方面想，因为面对的是农工部副部长。

二、为什么刘毅民要到实地去查看？这说明他不愿单纯地在桌面上取材料，而是要走下去，从事实中找答案。他要看汇报的情况有无虚假，倘若说了谎话，一经查看就会露馅。

三、他为什么看得、听得、问得那么细？刘毅民认为，经过细查细看细问，不仅能够看到一个领导干部的工作实绩，更能够看到一个领导干部是否有爱民之心。造林专业户路其昌在汇报工作时，话题从未离开过张维庆，说明张维庆的心与路其昌的心紧紧地贴在了一起。

因此，这种考察干部的作风，是值得我们学习的。面对当下干部考察任用中出现的虚情假信和不正之风，我们需要运用这种求实作风去维护干部考察任用制度的严肃性！

张书记与我们告别的礼物是"科技"

1982年4月2日,是县委书记张维庆与我们西庄公社干部的告别之日……

一

张维庆书记上调省里的消息一传来,就在我们公社引起了轰动。从公社到大队,从农家到饭场,无处不在议论与思念:张书记来我们县才两年,就要调走了,为什么走得这样快?为什么就不能多留几年?

那么,我们公社的群众为什么这样留恋他呢?其中一条重要原因,就是在1980年冬季,我们在全公社搞了包产到户,张维庆书记就把我们公社当作农村改革开放"试验区",大胆地支持与保护了我们。使我们公社在1981年秋,获得空前大丰收,只这一年,就解决了我们全公社的吃饭问题。

人嘛,在这个"生死存亡"的紧要关头,你能够勇敢地站出来,拉他们一把,救他们一步,将使他们终身难忘!如今,张书记就要走了，我们哪能不想念呢？

　　4月1日上午，不知什么人搞了个"小动作"，14个大队支书，先后都来了，他们强烈要求我去请示张书记，希望他在临走之前，来与大家见一面，合个影。他们说，这是广大党员和群众的心愿。即便大家都不能与张书记见面了，而支书们也应该代表大家与张书记告个别。可是，我在壶关工作了20多年，经历过十多个县委书记，却从未见过临走的县委书记，到乡下告别过，张书记会来吗？即便不会来，也得去尽尽这份心。于是，我跑到县里，向张书记请示后，张书记很高兴地答应了我们的要求。

二

　　4月2日上午，刚8点，14个大队支书与公社干部就都来了。我们在会议室坐好，只等了几分钟，张书记就来了。我们用最热烈的掌声，欢迎他讲话。

　　张书记要调走，自然有很多事情要办，自然很忙，能够挤出一点时间来和大家见见面、合个影，就很不错了。然而，张书记这次来却不是这个意思，而是有一件要事须向大家做个交代——

　　他说：大家听说我要走，一定不乐意吧？我和大家的心情一样，也不愿离开大家。可是，又不能不服从组织决定。但是，即便我要走，也要来和大家见一面。

　　我感到，和大家合影留念是次要的一面，而主要的一面是，有一件必须做的事，没有做了，放心不下，才不得不来。哪怕当作一份告别的"礼物"呢，也还得来向大家讲清楚。

　　为什么要这样讲呢？这是因为，我已经发现你们公社出现了苗头性的新问题。这就是，经济增长的速度，极不平衡。从农业上看，包产到户后，虽然都获得了空前大丰收，吃饭问题已基本解决，但是，户与户之间的亩增幅度却相差很大：增幅高者，已达到60%，低者才30%，相差30%。从工副业上看，先说集体：队与队之间的经济收入，形成了剪刀差，集店、常平的人均收入已上到200元，而差的大队还停留在60元左右。再拿"两户"相比，问题就更大了，甚至是同一个行业，都不能同利。会龙庄大队烧砖专业户侯天乐，人均收入就能达到1700元，而王家河大队有一户也是烧砖，人均收入仅达300元，不及侯天乐的五分之一。

从上所述，不难看出，发展不平衡的问题，应当说是个严重问题。尽管说还处在苗头性阶段，但也不能忽视与麻痹。如果照此发展下去，用不了多久就会走向两极分化，就会出现苦乐不均的问题。那么，为什么会出现不平衡的问题呢？当然，原因是多方面的，而关键性的一条，就出在"科技"二字上。这两个字，如不能及早解决，将会严重影响着经济建设的大发展。

三

这里，我想讲三点意见：

第一点，必须充分认识科学技术的重要性。科学技术是生产力，这是马克思主义历来的观点。现代科学技术的发展，使科学与生产的关系越来越密切。科学技术作为生产力，越来越显示出它的巨大作用。也就是说，同样数量的劳动力，在同样的时间里，可以生产出比过去多几十倍甚至几百倍的产品。社会生产力有这样巨大的发展，劳动生产率有这样大幅度的提高，靠的是什么？不就靠的是科学技术的力量吗？我们还拿侯天乐为例，他的人均收入之所以夺得全县第一，远远超出他的同行，妙就妙在"科技"二字上，如果不是他的岳父传给他技术，而只是单一的去烧砖，他的收入也一样不会高。

第二点，必须建设一支强大的科技队伍。根据你们公社的实际情况，需要从五个方面抓科技：一是就地学技术。无论什么样的技术，只要是本公社本大队已有的，又是急需要用的，就应当先学、先推广。二是抢救老技术。农村中的老艺人很多：如木匠、铁匠、画工、绣工等不下几十种，但因他们年老多病，多半失去了行动能力，一不注意抢救，就会把艺术"带走"，因而，必须抢救。三是请回有技人。听说你们公社有一部分技术人，流落他乡，常年打工。应把他们请回来，在家乡创业。四是外出学技术。要选拔一批能人，外出取经，回来传授，努力发展新企业。五是要有独创精神。有些技术可以现成学，有些技术就得独创。拿荒山造林说，松树古来就是只长阴坡，不长阳坡，而路其昌却解决了这一问题，阴坡阳坡一样长。这说明，有些技术就必须去独创才行。

第三点，必须加强党对科技工作的领导。你们西庄公社已经进入一个新的发展时期，人们对科学技术的要求，将会越来越迫切。在这种情况下，我们党的工作重点、工作作风，就必须相应转变，就必须把科技工作放在重要位置：从党内到党外，从干部到群众，都应努力把科技工作搞上去。这中间，首先要强调党员干部，让他们都成为科技能手，特别是支部书记，更应成为科技示范户，给群众摆出一个好样板。

四

大家原想，能把张书记请来，见见面，合个影，就都乐意了。想不到，张书记是为给我们送"科技"才肯来的。他把我们公社的"脉搏"摸透了，他送来的"科技"二字，正好是对症下药，又下在关键时刻。因而，他迫使着我们不得不把科技工作放在首位，去大抓特抓。

我们首先是举办培训班，壮大科技队伍。在一年之内，我们社、队两级就分别举办了30多期培训班。所请技术人或老师，不仅仅限于本队本社或本县，还要请到本地区或全省各地。如谷子如何种植，我们就请了省谷子研究所的研究员；如晋南的"闻喜饼"如何加工，我们就请来了闻喜县的师傅；林果业方面，如何防治病虫害，我们就请了长治市老顶山果树场的技术员。参加培训人数达到2000余人次。由于技术培训抓得紧，无形中就推动了"两户"的发展。

其二是努力做工作，请回家乡艺人。我们初步统计，流落在异乡的能工巧匠达60多人。这是我们的人才、我们的力量，应当发挥这个优势。只要我们努力做工作，就能够请他们回来。因而，在一年之内就请回30多个艺人。他们一回来，就大显身手，创立新业，打入市场。如西庄大队，把在外30多年的老艺人吴怀成动员回来后，创办了一座紫砂厂。他曾在江苏省宜兴市紫砂厂学习过两年，他的技术水平很高，不仅可以生产出各色花盆与卫生设备等，还能够捏出艺术性很强的紫砂壶、紫砂杯、紫砂锅等20余种生活用品。这些产品一出厂，就打响了，销得又快，价格又高，供不应求。填补了中国北方从无紫砂厂的空白。

第三是狠抓干部学科技，支部书记是重点。既是干部，就得先走一步。我们在要求"两委"干部都学科技的同时，特别强调了支部书记。打铁先要本身硬，支书必须超群众。我们专门考核了一下支书，多数支书还是有一定技术的。于是，我们就先抓这个少数，限期学技术，尽快摘掉无技术的帽子。这样一来，他们都急了，都是想办法，找门路，学技术。如东关壁大队支书杨聚法，根据本大队有坩土、高岭土的优势，本着一创业，二学艺的精神，从三百里地以外的阳城县，请来一位搞琉璃瓦的老艺人，组织了40余人一起学。学了两个月，杨聚法首先就学成了。于是，当即就开办了一座琉璃瓦厂。产品一出，销路就好，还销往河南、河北等地。全厂40余人，当年人均收入就达到450元，超过上年的三倍以上。

张书记送给我们的"礼物"效果怎样呢？实践证明：科技是摇钱树，科技是聚宝盆，科技是活财神。就看你理解不理解，就看你敢抓不敢抓，就看你想富不想富？也就是说，如果你想富，就得敢去抓：大抓大富，小抓小富，不抓不富。

感悟：差距与科技

　　张书记就要调走了，他原本是不下基层告别，不愿给下层添麻烦。然而，意想不到的是，他却来我们公社告别了，这是为什么呢？原来，他早已发现我们公社出现了一个新问题，这个问题，虽然还处于萌芽阶段，但却显得十分重要，这就是户与户之间的收入差距太大。拿侯天乐来说，他家的人均收入，就要超过本大队人均收入的27倍，这个差距太可怕了。如此发展下去，不用多久就会出现两极分化。因而，对于这一问题的出现，张书记总是放心不下，总是想办法早点解决。那么怎样才能解决这一问题呢？最好的办法，就是"科技"。侯天乐之所以富得快，就正是因为他接受了老岳父的技术。

　　在关键时刻，张书记送来了"科技"这个礼物，显得非常重要。因而，我们把科技工作拿在手上，一抓再抓，终于抓出了成效。我们公社的人均收入在全县连续八年是第一。

张书记的第一次来信要我学会当"班长"

一

1983年4月6日上午,我们召开党委会,听取主任薛天补传达县委召开的紧急会议精神。他说,为了开辟一项新的副业门路,县委决议,要学习阳城县栽桑养蚕经验,在全县大规模地推广。县里不仅从阳城购来大批桑苗,还请进10名技术人员专门指导。要求各公社至少拿出10%的土地,建设桑园,并让各公社主任立了军令状。我们公社共有2万多亩耕地,自然就得拿出2000多亩地建桑园。

这一问题一提出,我首先就想不通。这是因为,我曾经在阳城、沁水工作过两年。人家的栽桑养蚕之所以能够搞好,是因为有一条沁水河横跨两县,栽桑养蚕的村庄又大都在沿河两岸。而我们壶关县是一把干壶干到底,连人畜用水都困难,哪里能谈得上栽桑养蚕呢?

根据我们的实际情况,只能在河口、常平两个大队发展。这是因为这两个大队,都处在杜家河水库下游,有100多亩下湿地,能够发展桑园。于是,我当场就提出我的意见:我们必须实事求是。我这么一说，薛天补就急了："这是县委的决议，哪能不执行？"

"县委的决议，也得从实际出发，也得因地制宜！"

"你敢违背，我不敢违背！"薛天补红了眼。

"你不敢违背，我敢违背！"我硬硬地说。

"你说包产到户好，咱就跟上你包，你说建机砖厂重要，咱就跟上你建……这工作，那工作，都是你一个人说了算，我还算个什么主任？"

"这不是谁说了算的问题，这是要看对不对的问题！"

"那好啦！谁也没有你说的对，就你一个人干吧！"薛天补说着，就将手中的喝水杯，狠狠摔在地上，摔了个粉碎，气鼓鼓地走了……

二

党委会本来就是专门研究栽桑养蚕问题的，而薛主任生气走了，就只好休会。但是，我想不到薛天补会这样地碰我，碰得我心灰意冷。上任三年来，从未出现过这样的情况，而今出现了，又出在二把手身上，多么丢人？多么没面子？再说，薛天补既然和我闹翻了，这疙瘩就不会马上解开。这该怎样办呢？我的脑子发了热，总感到这是他的错，是他没礼貌。总觉得自己是一把手，他是二把手，就应该服从我。

正在这时，通讯员送来报纸，报纸中夹着我的一封信，是从省政府来的，我猜想，很可能是张书记的信，打开一看，果然没错。这是张书记调走后，第一次来信。他在信中说："忠文同志，虽然离开壶关一年了，但心里总还想着你和天补的工作。你是个急脾气，他是个直脾气，遇到问题，互不让步，就要出矛盾。你是班长，当班长不容易。你要学会当班长，学会弹钢琴……人心齐，泰山才能移……一定要把改善群众生活当作'天职'去努力……"

张书记已经是副省长了，他的工作必然很忙。但是，在百忙中还要写信给我。这说明，张书记虽然调走了，但他的心，还安在我们身上，还思考着我们在工作中会不会出矛盾？因为他对我和薛天补的个性和脾气太了解了，一弄不好，就会出矛盾，一出矛盾就要影响工作。

在关键时刻，老领导能够来信指导，实在是太重要了。因而，我念着张书记的信，一句一句地与自己对照，辗转反侧，思绪万千，想起很多问题，都与我这个班长有关。其中，最明显的缺点有三：一是，对待薛天补这个二把手重视不够，使用不当。研究一些重大事情，应当是一二把手先通气，再往党委会上拿，而我往往是一下子就拿到了党委会上，这叫作一言堂或独角戏。三年来，我一直是这样干的，而薛天补又一直是这样服从的。直到今天研究栽桑养蚕问题，薛天补的脾气才爆发出来，才摔掉茶缸，碰了我一顿。这说明薛天补的忍耐性还是很强的，还是一直让着我的。二是，用人渠道很狭窄。每天只是死死地用着几个人工作，使多数人成为自由兵，没有充分调动每个同志的积极性。三是，对同志们关心、爱护不够，解决他们的具体困难不够，深入细致的思想工作做得更不够。

对照张书记的信，使我深深认识到：当班长很难，既得能伸，还得能屈，既得能大，还得能小，该低下一步时，就得低下一步。

三

思想通了，就主动了。这天午饭后，我就亲自到闫家河大队（本公社的一个大队，薛的老婆是农村户口，临时落在这里）去找薛天补……

我喜眉笑脸地走进他家，他见我来了，就笑了："梁书记，我是个直脾气，你又不是不知道，不要怪我。"

我们俩坐下来,他一言我一语地谈起来。

我说:"薛主任,有些事,出现得很奇怪,咱俩人生了气,你走了,我就收到了张书记的信。他就像长着千里目、万里耳一样,什么事情也瞒不过他。咱俩才生第一次气,人家就知道了,就来信指导我们了……"

我用检讨的态度说:"对照张书记的信,可以说,好多错误都发生在我身上,主观主义,一言堂,已成为我的家常便饭。尤其是对你,很不尊重,很不礼貌!就拿今天上午说吧,我应该让你把话讲完,让大家先议一议,再讲我的意见才对。可是,你一说栽桑养蚕是硬头活,非完成县委分配的任务不可,我就急了,马上就下结论,完不成……"

薛天补见我是向他做检讨,马上就解释:"我今天生气的原因是,我给县委签了军令状,我不愿违抗县委的决议。再说,全县有很多地方的条件和咱们一样,人家也一样签了字。再说,14个大队,你只允许两个大队搞,超不过百亩地,仅占计划的5%,我该怎样向县委交这个账呢?因此,我就急了……"

听薛天补这么一说,我完全理解了他的意思:军令状是他签的,完不成任务,怕追究他的责任。

面对这一问题,我首先得扭转薛天补的思想。为了让事实说话,我便领他到就近的西庄大队东坡上(地名)去看:二十年前,曾有人在全公社倡导过栽桑养蚕,都挑的是好地。西庄大队就挑的是这块地,栽桑30亩,发展桑园。可是,因为常年干旱缺雨,桑树都长成了"秃圪床",所生叶子没有耳朵大(阳城的叶子如碗口),30亩桑园,养不住一张蚕。这都是"刮金板"的好地,至今还白白浪费着。还有几个大队,也是这种情况。

经过这么一看一讲,薛天补虽然认识了这一问题,也同意了我的意见,但他总是惦记着县委这一关。于是,我说:"你别怕,咱可以给县委打报告，让县委来考察。"

四

当天下午，把报告送上，次日一早，县委副书记丁松珍就来了。

丁书记原是我的老领导。我放开思想，实话实说，把栽桑养蚕的实际情况汇报后，就领他到西庄、李掌、三家村等三个大队去看：他们占地200亩，栽桑养蚕四五年，都是以失败告终。然后，又领他看了河口、常平两个大队（水库下游的地），湿漉漉的一百多亩河滩地，完全可以栽桑养蚕。

这样一来，丁书记完全同意了我们的意见，他说："看来，你们的想法和做法都是对的，无论办什么事情，都应因地制宜，从实际出发。不要认为县委定了的，就都是对的；你们变了的，就都是错的。面对现实，该变就变，该改就改，不要干那种劳民伤财之事。"经丁书记这么一说，我们俩都高兴了，特别是薛天补同志，感到很轻松了。

五

这件事，从发生到解决，可以说，张书记的来信，如同及时雨，不仅"浇醒"了我的头脑，使我认清了自己，还促使我及早地解开了与薛天补之间的矛盾。张书记在壶关虽只住了两年，但他对干部的观察与分析，却是那样透彻与准确。他不仅要看一个人的素质、能力与政绩，还要看一个人的个性、脾气及处事。显然，他对我们俩人的看法是准确的，他发来的信是一针见血的。他已经是副省长了，在繁忙的工作中，还如此般的关心我们，爱护我们，指导我们，我们哪能不感动呢？哪能不积极工作呢？

感悟：人走与心在

张书记已经调走一年多了，已经成了副省长，他还要来信帮助我、指导我，让我学会当班长。

他的工作是那样忙，为什么还要写信给我呢？原因只有一个：他虽然走了，但心还常想着这里……他的爱民之心还是那样强烈。他认为，我在西庄工作有基础，群众拥护我，就应该长期在这里工作，把自己的心血献给这里的人民。正如他在信中说的："一个人的一生，无论能力大小，只要做了对人民有益的事，就问心无愧，活得有价值，有意义……"因而，我听从张书记的教导，在这里连续工作了八年才离开。

张书记的第二次来信要我改善办学条件

一个领导干部，调离之后，自然就不再过问原单位或原地方的事情了。然而，张维庆同志却不是这样，他原是壶关县委书记，1982年提升为山西省副省长后，仍然惦记着壶关、关注着壶关、指点着壶关。特别是一些新的工作出现后，他总要先给壶关打招呼，要壶关先走一步。

一

1984年，他分管了全省的教育工作。按照中央新精神，他自然要向县委打招呼。然而，我万万想不到，在他给县委打招呼的同时，也给我写来一信。信中说，中央今年要狠抓教育，把教育摆在重要位置。特别是改善办学条件，关心孩子们的念书，已成为当务之急的大事。他说：邓小平同志说了硬话，各级党委和政府，对教育工作不仅要抓，并且要抓紧、抓好，严格要求，少讲空话，多务实事。

面对这件大事，张书记在信中讲得很清：他在壶关工作时，虽只住了两年，但却走了不少农村，每到一村，总要挤出时间来看看小学。他发现这些学校校舍条件太差，全县有将近90%的小学，还是在破房、破庙和窑洞里；用的是破桌、破椅、烂凳子。不仅光线不好，还大都是危房。他深知壶关是全省31个贫困县之一，经济状况十分不好。在当时，他曾下决心，想改变这一现状，但因在短时间内工作就变动了，心中留下了不可磨灭的遗憾。

如今，中央号召改善办学条件，他自然就想到了壶关，自然就想到补上这一课。面对壶关的现状，他想让我们公社在壶关搞个突破，带个好头。当然，搞突破，就得有点经济实力。尽管我们公社还很穷，经济收入还很低，但在张书记的心目中，总认为我们公社比别的公社要好一些。这是因为，在农村改革开放中，在他的大胆支持下，我们不仅提前打破大锅饭，实行了包产到户，解决了广大群众的吃饭问题，还提前发展了工副业生产，增加了农民收入，解决了百姓的收入问题。在这些工副业项目中，我们又大抓了机砖厂的建设，使红砖的生产成为我们公社的"特产"，这是建校必须用的材料。况且，这些机砖厂又都是在他的指导下建起来的，他自然知道这一有利条件。

二

张书记既然给我们来了信，希望我们起个好的带头作用，我们就得当作一件大事来抓。可是我们先算了一笔账，结果大吃一惊：全公社14个大队，共有学生5000名，需建校舍400间，合8000平方米。每平米只以200元计，也得160万元（相当于现在的2400万元），这是一个很大的数字，哪里能一下子弄来这么多的钱呢？同时，还有一个大困难，就是缺木料。特别是房屋顶上所用的梁、檩、椽等，别说本地找不到，就是出外购买也很困难。

这该怎样办呢？毛泽东同志说过：世界上只要有了人，什么人间奇迹都可以创造出来。面对这一问题，我们召开党委会，发挥集体智慧，共同提出三步棋：一看、二议、三献计。一看，就是集中大队干部，先来看，14个大队，队队到，校校看，从破房、破庙到窑洞，从破窗、破桌到烂凳，让大家看个够，看个透，使大家从事实中认识到：孩子们不是在念书，而是在受苦。不看，不想，不知道，一看，一想，心就跳。正如三家村大队支书王保忠说：光线不好要毁眼，房子塌了命难保。

二议，就是让大家好好议一议：这办学条件该不该改善？怎样改善？经过大家认真讨论后，一致提出：就是使断胳膊蹬断腿，也要把学校变一变。正如东关壁大队支书赵月芳说：再穷不能穷教育，再苦不能苦孩子。

由于前两步棋走得好，这第三步"献计"棋，用不着发动就走起来了。有很多问题都可得到解决：一是建校舍400间，需机砖400万块，保证满足，暂不花钱；二是所需匠人，发挥本地匠人作用，先投工计账，事后兑现；三是门窗户扇所需木料，可让群众先献，以后偿还。

三

所不能解决的问题，仍然是上盖问题。所需梁、檩、椽等，少部分能解决，大部分没办法。即使能购到，也还得跑到遥远的东北兴安岭，也还得带上一笔巨款。可是，这钱仍然是困难。然而，这在目前建校中，仍是一个关键性的问题。我们不能盖无顶的房子。这个问题不解决，绝不能动工。

天下无难事，只怕有心人：时隔半个月之后，在一个早上，我刚起床，李掌大队的副主任刘有根就来了。他一见我，就满心欢喜地说："梁书记，你所愁的那个问题，解决了！"刘有根想出一个巧办法，这就是用钢筋、水泥（都好买），在房檐上与房间，打成目字形圈梁与间梁，再用砖拱圈窑洞方式：横圈两层，用水泥汤灌浆两次，房顶就成了。他用这个想法，先试建了五间，并从长治市请来一位高级工程师鉴定后，认为这种办法完全可行，这比木质结构还要好，它将是冬暖夏凉的神仙洞。算下账来，一间房顶，只需投资200元就够了。而要用木料，就得投出1000元。

刘有根是个急性脾气，不等我吃早饭，就硬拉着我去看。我们刚到村边，就看到这座几乎是红砖的样品房，共五间：分教室四间，教师宿舍一间。他领我里里外外看过后，果真不错。从里看，间与间之间，都有两根20个粗的螺纹钢，不仅拽得牢，还便于打吊顶；四间教室，开着七窗一门，都是堂房，光线特别好；从外看，是一座整整齐齐的平顶房，房沿边还伸出白色的眉沿板，红砖，白边，大方，美观。

我照此标准算了一下账，全公社400间教室，只需投资8万元现金，就能把上盖建好。对比木质结构，可节省30多万元。

四

我万万没有想到，刘有根在建校的关键时刻，为我们解决了这一关键性困难。因而，次日上午，我们就在李掌大队召开了一个社、队两级干部参加的现场会。大家看了之后，很受启发，很开脑筋，很鼓动人心，都承认这个办法想得好：省钱、省工又省料，再不能讲什么困难了。于是，大家回去后，很快就动工了。

为了把好质量关，我们组建了一个流动检查指导组。一旦发现问题，就马上纠正。如在闫家河大队，发现圈梁有问题，就让他们返工重做。如在三家村大队，发现根基打得不牢，就让他们刨掉重打。因而，使我们的小学校舍，个个建得合格。这样，用了两个多月时间，14座小学就全部建成了。

校舍建成后，就缺桌凳了。这一问题没能难住我们。因为建校舍是最大的难题，我们都挺过来了，还怕解决不了个桌凳问题？于是，我们便采取了这样三条办法：一条是，经济收入比较好的大队，尽力自己解决。二条是，向外求援。可向在外工作或打工的人，借一借，垫一垫，以后归还。三条是，以户解决。凡有学生的家庭，都要自寻木料，自做自用。可由大队统一加工。

因为这三条办法想得好，这一困难很快就解决了，5000多名学生都有了桌凳。特别是一些在外人，大都能够慷慨解囊，自动捐献，积极支持。东长井大队有个能工巧匠叫马书明，组织了一支建筑队，出外施工不到一年，经济条件不是很好，就自动拿出一笔款，从长治市购回一百多套新桌凳，送给了本大队小学。家长们看到孩子们都用上了好桌凳，就都高兴地说："书明，你真好！还不如把东长井小学，改成书明小学呢！"一句感恩话，激发了书明，他推心置腹地说："现在还不能改，等我以后发了财，全部投资，建成一座崭新的小学后，再改才好。"

五

省里的教育工作会，开得比较晚，到五月份才开到县里。当县委正要起步抓校改时，我们的校改工作已全部完成，校校都是焕然一新。

这时，县委对我们深有好感：正好为全县起到一个样板作用。因而，县委、县政府马上就在我们公社召开现场会，总结推广我们的经验。

遵照张书记的指点，我们公社的校改工作，不仅在本县起到了推动作用，还成为全省的先进。这就是，山西省校改现场会定在长治地区后，就把我们公社定为参观、学习的重点之一。张书记亲自领着与会人，来我们公社参观后，感到很满意，特别是刘有根创建的李掌小学，在贫困地区很有学习推广价值。因而，他深情地对我说："忠文同志，你努力了。我原本是想让你能够为本县开个好头就行了，想不到，在一穷二白的情况下，还能够创出一条新路子，为全省也摆了个好样板。"

还有一件使人意想不到的事，虽是题外事，也想说一说，这就是，刘有根的创新，还给农民开了脑筋，使他们都采用这一方法，为自己建设开新房。而且，在平房的基础上，又改成了有屋脊的古式房：屋顶铺瓦，一面开窗，全是堂窑，冬暖夏凉，省钱省料，美观大方。河口、三家村、回龙庄等八个大队，都用的是这种方法，又都是按照大队的统一规划建设的。因而，又出现了新农村的新气象。广大群众高兴地说：校改好，校改好，把我们的旧舍也改好了！

感悟：压力与动力

解放30多年了，因为穷，我们公社的小学校一直没有得到改善。孩子们一直住的是破庙、破窑、破马房……而到了1984年夏季，在一穷二白的情况下，我们仅用了三个月的时间，就把全公社14个大队的所有小学建好了，这是为什么？只有五个字：压力变动力。

这就是，我们的县委书记张维庆，在当了副省长之后，来信要求我们改善办学条件，我们哪儿能不服从呢？因而，在种种困难情况下，我们经过努力奋斗，终于建成一类学校，成为山西省改善办学条件现场会的参观点之一。实践经验告诉我们：无论办什么事，都得有压力，有了压力，就有了动力，有了动力，就能够办成一切。

张书记的第三次来信
要我用辩证法看"告状"

张书记的第三次来信,是 1984 年 9 月初。我猜想,这次的来信,是要说说我的工作问题。

一

8 月间,张书记(副省长)在长治地区召开全省改善办学条件现场会,来我们公社参观时,我便向他讲了我的工作问题。我告诉他,我再也不想在这里工作了,原因只有一条:从 1980 年秋我调任西庄公社任书记以来,从包产到户开始,就有人告我的状了。而且,一年比一年多,还超越了告状界限,由县里告,转向地委或省里告。是问题告,不是问题也告。比方,东长井大队包产到户后,集体的牲口与农具都无用了,我就主张作价卖给社员。社员们说,牲口下户吃的胖,农具下户寿命长。这本来是正确的,但却有人把我告到了长治地委,说我是又一次破坏集体经济;包产到户后,吃饭问题解决了,收入成了大问题,为解决这一困难,我们大抓机砖厂建设,这本来又是件大好事,却也有人又告了我的状,说我建砖厂毁掉农田 300 亩,直接破坏了农业生产。

还出现过一件"怪"事，使我久久不能忘掉：那是个炎热的夏季，一天，县委常委农政部长常友好突然来了，一进门就质问我："忠文同志，你是咋搞的？为什么还要让社员把化肥撒在土豆叶子上？"

我不承认："绝对不会有这种事！"

"走，看看去！"他见我不认错，就领我到西庄村北，让我往田间看，远远望去，果真有一片土豆地的叶子上全是白的……常部长说："又有人把你告到地委了。"

我从来没有这样布置过，也没有人倡导过，我还是不相信。我立马跑进田间，一看，真使人哭笑不得：撒在叶子上的白面面，全是石灰粉。显然，这是在消灭七星虫。我把常部长叫进去一看，他笑了……

可以说，从1981年至1984年，连续四年间，我一直是在告状声中度过的——我哪里还有心思再在这里工作呢？人活一世，草木一秋。一直赖在这里不走，惹得人家一再告状，这图的是什么？我应该回县了，应该换换环境了。可是，这一要求该向谁说呢？自然而然地就想到了张书记。因为我是他亲手选拔、培养的，有什么话不可对他讲呢？

二

我满以为张书记的这封信，是要说说我的工作问题。不料，打开一看，却不是这个意思，而是与我探讨告状问题。他说：看问题要用唯物辩证法，要学会一分为二看。告状是坏事，也许是好事，怎样看待告状，应该是个关键性问题。因而，张书记要我好好学学唯物辩证法，从唯物辩证法中找答案。

张书记的第三次来信要我用辩证法看"告状"

我深知张书记的用意，他还是心系着这里的民生，还是想让我继续在这里工作。这在他过去在壶关工作时，就已经表露出来：1981年秋后，他亲自看到我们公社包产到户获得空前大丰收后，就高兴地说：你们为全县实行包产到户带了个好头，为解决壶关人民的吃饭问题，摆了个样板。壶关是个贫困县，很需要典型引路。希望你要在这里扎下根来，进一步搞好改革，多为全县起点表率作用。有时，说是笑话，也是正话。一天，他来下乡，见我骑着辆"永久"牌自行车，便风趣地说："你是壶关人，就应该像这辆车子一样，永久地工作在这里。一个人嘛，无论本事高低、能力大小，只要在一个地方，做了对人民有益的事，就问心无愧。"同时，又使我回忆起，他往省里调走后，寄来的第一次信，就是要我学会当班长——这是为什么？不也是希望我在这里更好地工作吗？他总认为，我在这里有群众基础，受群众欢迎，就应该长期地在这里工作。

三

张书记想用唯物辩证法解决我的思想问题，其本意是要我加强学习，不断适应新形势、新要求。这是因为，我的理论基础本来就很差，加之到基层工作后，又养成一种只抓工作、不抓理论学习的坏习惯，自然就有很多理性的东西不懂得，思想上的症结解不开，遇到难题无法办。然而，张书记便直接指出，要我学学唯物辩证法。他这样的要求，也许正是对症下药。于是，我便拿起了《唯物辩证法》。

我经过一段时间的刻苦学习后，明确认识到：唯物辩证法的实质和核心，就是如何按照"对立统一规律"去解决存在问题。也就是说，学习唯物辩证法，最主要的就是要学会分析和解决各种事物的矛盾，促成事物的转化，推动事物的发展，达到正确改造世界观改造自我的目的。

告状，是坏事，还是好事？用唯物辩证法去分析，你就会分清是坏事还是好事。这要看你站的是哪个立场：站在"私"字的立场上看问题，你就会认为是坏事；站在"公"字的立场上看问题，你就会认为是好事。我已从思想上深深认识到，告状是好事，而不是坏事。它不仅是利国利民的事，更是利己的事。这可从三个方面去认识：一，告状如同一面镜子。既是有人告状，就必然要拿出事实。在事实面前，你就得当作一面镜子照一照，看是什么问题，该不该解决，怎样解决。二，告状如同一处澡堂。只要告状，就要落实。通过有关部门查证落实后，总会给你一个说法，给你一个结论。就像给你洗了一个好澡一样，可让你轻轻松松地去工作。三，告状如同一座警钟。每告你一次状，就等于向你敲一次警钟。即便不是事实，或与己无关，你也会受到一次教育，引起高度注意。因此说，必须正确对待告状，正确处理问题。

那么，怎样才能做到"正确"二字呢？要做到"正确"二字，就必须首先去掉自己头脑里的"私"字。因为有了这个"私"字，就会带来很多问题：不是谋私利，便是谋权利，再不就是谋荣誉。一句话，"私"字是产生一切问题的总祸根。如果把这三个"谋"字，加上三个"不"字，不谋私利，不谋权利，不谋荣誉，就天不怕，地不怕，神不怕，鬼不怕，什么都不怕！——无私者无畏！

四

应当说，唯物辩证法很起效，很开窍，它已从根本上端正了我的认识，扭正了我的思想。它使我定下心来，不再胡思乱想了。然而，我想不到，还有人用马后炮来将我：刘有根、杨聚法等几个心直口快的大队支书，都来向我开炮：你是不是想去哪里当大官？看不起我们这穷地方了？你是不是觉得我们不听话，不好管，伤着了你的心？这几个愣头青支书，本来就"挖苦"坏我了，哪知，又是一个想不到：一位特殊老人来了，这就是会龙庄大队的侯奶奶。老人家70多岁了，来上门，定有什么要事。于是，我马上迎进门来，说："侯奶奶，太稀罕了，你怎么也来了？您老有什么事，叫我一声，不就行了吗？"

侯奶奶笑笑说："听说你想走，村上人就叫我来找你了，都说我在你面前说了算，你说算不算？"

"算算算，你的话不算，谁还算？"

侯奶奶说："大家都说，你是在我们正饿肚时调来的，你一来就搞包产到户，我们就有饭吃了，哪能忘了你？"说到这里，不知咋的，侯奶奶掉泪了……

我想，满不说，我已定下心来不走了，即便上边来调我，我也不走了。人生在世，都是有情有意的。我绝不会忘了侯奶奶……

事情的经过是这样的——

1982年春天，是一个十分寒冷的风天，我们在山上栽树，我受了风寒，中了大阴，中午饭正好派在侯奶奶家。可是，我进门来，什么话也没赶上说，就一头栽在炕上了。别说吃饭，连命都顾不住：浑身上下如冰棍，两眼紧闭短出气，霎时间就休克了。这时，大家都慌了手脚，不知所措，说往县医院送吧，20里地，又怕来不及；说不送吧，眼看就没命了。就在这时，侯奶奶大显身手：她先在我鼻头上扎了一针（固定着），后在"人中"穴又扎了一针，接着就用红煤块（火里捞出的），放在盛醋的碗里，呛起酸气，对准鼻孔，冲了好一阵，我才算发出声来。接下来，就是在10根手指上放血。然后，又用大火罐，在我的背部拔了数罐，我身上才由冷变温发出汗来。就这样，乱了好半天，我才算活过来。也就是说，我这条命是侯奶奶捡回来的。如今，我哪敢不尊重侯奶奶的意见呢？

五

种种原因，使我不得不横下一条心来，继续在这里工作。

这一继续，就又是四年。在这四年中，我的工作曾经有过三次调动的机会：第一次是要调至市郊区任副区长；第二次是县委常委、宣传部长；第三次是政协副主席，我都一一谢绝了。

在这后四年中，告我状的人越来越少了。从我的感觉看，关键是"无私者无畏"这五个字，成为我的护身符，对告状者，无所畏惧。告的对着，咱就改；告的错着，不理睬。有一年，一年之中就有人告了我48状，全告在省纪委里，省纪委派人查证落实后，不是假的，便是与我无关。只不过是让我洗了一次大澡。

从1980年9月来，到1988年11月走，我在西庄公社足足工作了八个年头。我的走，是因为年老了：当时的公社书记，大都是45岁左右，最大的也不超50岁，唯有我是特殊使用，工作到53岁才离开。

在这八年间，按照张书记对我的要求，我基本上实现了我的"梦想"。这就是：吃、穿、住、行、用五个字，大都落实了。包产到户后的两年间，吃、穿二字就落实了。后几年，经过奋斗，使"住、行、用"三件大事大都圆满实现了。住：全公社3800户，80%户住上了新房；行：全公社由当初的17辆自行车，发展到4000辆，户均一辆多。拖拉机由0台，发展到1300台，3户达一台；用：缝纫机、洗衣机、电视机等，已达到8000余件，平均每户在2件以上。同时，全公社户均存款额也在千元以上（相当于现在的3万余元）。

在这八年间，我们公社的各项工作在全县是排头兵。壶关有个历史习惯：每年年底，要按10项工作指标，打分排队，分高低。从1981年至1988年，连续八年，我们公社的总分一直是全县第一。同时，我本人不仅多次出席过省、地、县召开的劳模表彰会，还被原晋东南地委树为全区农村改革家称号，并奖给我一级工资等。

在这八年间，可以说，我将一生中最旺盛的精力与心血，都奉献在这里；可以说，我将一生中最好的光阴与日月，都消耗在这里……

张书记：在您的关怀与指导下，我做到了问心无愧！在今天回忆您的日子里，我不能不把心底话献给您！我不能不把八年的结果告诉您！

同时，我还想告诉您：老百姓是山，老百姓是海，老百姓是共产党生命的源泉。我在这风风雨雨的八年里，靠的就是老百姓，靠的就是与我风雨同舟的领头人。特别是全公社十四个大队的党支书，在全县农村改革开放的关键时刻，大都能够经受住党的考验，都能够起到一定的示范作用。可以说，他们都是功臣，都是英雄！

感悟：清官与赃官

从张书记的来信中，我清楚地认识了两个字：清、赃。也就是说，你要当清官，还是要当赃官？清官者，即便工作中出现了失误，只要能够纠正过来，群众就不会告你的状；相反，你若是赃官，光想着发财，就必然要引来群众的不满。古话说：不做亏心事，不怕鬼敲门。只要你牢牢地把握住一个"清"字：清正廉洁、清政为民，就天不怕、地不怕、神不怕、鬼不怕，什么都不怕！无私者无畏！

附录一：
我给张维庆书记的第一次去信

张书记：

您好！我是梁忠文。虽然离开您30年了，还未再见过面，但我总是在时常想念您……

30年前，您来壶关当书记，虽只工作了两年，但却做出了许多惊人事迹！

当时，正处于中国改革开放的初期：在中国最危难时刻，是奋起变革进取？还是继续墨守陈规？是改变生产体制？还是继续吃大锅饭？在这个十字路口，您坚定地选择了"改革开放"这条正确轨道。您以昂扬奋发的朝气，开拓创新的勇气，一往无前的锐气，在壶关大胆改革，大胆创新，一连走胜三步棋：

一、包产到户，走在全省前列。您是1980年8月来壶关上任的。您一来，就发现壶关人民的生活十分困苦，普遍过着缺吃少喝、缺穿少戴的苦日子……

面对这一问题，怎么办呢？正像您所说的：作为一个县委书记，连群众的吃饭问题都解决不了，还算什么书记？封建社会的"七品芝麻官"，还懂得"当官不为民做主，不如回家卖红薯"。何况我们是共产党的干部，能不为老百姓做主吗？再说，实践是检验真理的唯一标准，大锅饭这本经，已经把广大群众念穷了，念垮了，还能再继续往下念吗？您深知：在现阶段，中国最大的问题，是农民问题；农民最大的问题，是吃饭问题；吃饭的最大问题，是土地问题。只要充分发挥地力作用，让土地多打粮食，吃饭问题就能够解决。因而，您从我们西庄公社的包产到户中，认定我们的做法是正确的，在当时的情况下，包产到户是解决广大群众吃饭问题的唯一出路。因此，您便把我们公社定为您的农村改革开放"试验区"。以此为试点，指导全县，使全县的包产到户走在全省农村改革前列，提前两年解决了全县人民的温饱问题，这是壶关人民永远也不会忘记的！

二、发展"两户"，走在全国前列。打破大锅饭，实行包产到户。吃饭问题解决后，随之而来的一个新问题，就是老百姓的收入问题。您感到，包产到户，只是给群众装满了粮袋子，还得给群众装满钱袋子，才能够保证群众的生活富裕。由此，您明确认识到，解决老百姓的收入问题，将是农村改革的第二步。而要走好这一步，关键的一条，就是要大力发展乡镇企业。您在积极抓好乡镇企业的同时，发现了一个发展家庭副业的好典型秦嫦娥，您就认定：家庭副业的发展，正好是为农村二步改革开出一条新路。集体工副业与家庭副业一结合，正好是一对"姊妹篇"。

于是，您毫不含糊地向全县发出了向秦嫦娥学习的号召。这样一来，便创造出一种"专业户和重点户"的新模式，使一批批专业户与重点户，像雨后春笋一样，蓬蓬勃勃地发展起来。

《人民日报》以醒目标题《专业户和重点户的生命力》报道了这一模式，登在1982年11月21日的报上，此事很快就传遍了全国各地，使我县"两户"的发展，走在全国前列。

三、绿化太行山，壶关带了头。1981年春天，中央发出了"绿化太行山，黄龙变绿龙"的号召，要求在20年内完成全部绿化。太行山涉及到晋、冀、豫三省78个县市区，而山西的县占了大多数。因此，山西省委高度重视。经研究，把我们壶关县定为试点县，让壶关先走一步，带个好头。于是，省委便将这一千斤重担，压在了您的肩上。这一来，正好为您绿化全县创造了条件。您抓住绿化太行山这一良机，又紧紧抓住新出现的王五全、路其昌这两个绿化荒山的好典型，加之采取外出参观取经等措施，一场绿化太行山的战斗，就首先在我们县打响了。到1981年底，全县的造林面积达到81540亩，育苗1140亩，植树480万株，分别超出当年国家计划的954%、128%和140%。一年造林，相当于前31年人工造林总和的1.27倍。这样一来，山西省委充分肯定了壶关的绿化工作，说壶关带了个好头。

在政治建设、思想建设、组织建设等方面，您做得也是很好的。特别是您的廉政作风，更是为人师表。您深深懂得：作为一个领导干部，不能以身作则，做到廉政，就不会做好工作，就不会得到群众拥护。因而，您总是以清正廉洁、亲民爱民的良好形象赢得群众拥护，以干事创业、视民为父的高尚品质赢得百姓口碑。比如在干部使用上，您绝对是任人惟贤，风清气正。您不管他是谁，也不管认不认得他，更不管他在上层有什么关系。只要他德才兼备，一心为民，工作有方，群众公认，您就会积极地选拔他，任用他。您在壶关工作的两年间所提拔的一大批干部中，多数人您都不认得，见了面，还得自我介绍，才能够对上号。有一部分干部，做梦也没想到自己会成为领导，已经上任了，还在呆呆地问：这是真的吗？难道天上真的会掉下"馅饼"来吗？因而，您选拔干部的做法，在壶关已传为佳话。

您还有个感人肺腑的工作方法，就是写信指导工作。您给公社书记写的信比较多。有些事，电话上已经说清了，您还要写信来。这是为什么？久而久之，这个"谜"，就被人们破开了，这就是：话为轻，笔为重，亲笔信，感人心。您的信，如同催化剂，信一到手，就催人奋进。

您不仅给公社书记写，也给大队支书写。令人费解的是，您已经调走了，已经成为副省长了，还要来信指导我们，封封信离不开爱民之心。显然，写信指导工作，已是您一生中的"法宝"。这一生中，您究竟写了多少这样的信，恐怕连您自己也说不清。

还有个引人注目的问题，就是您的穿戴很朴素：您穿的衣服，多半是旧的；您穿的鞋，常常是水旱鞋（也可能是便于爬山或踩雨）；您戴的帽子，也不好，您的装束与老百姓相比没两样。您常出现在田间地头去检查生产。如果无人作介绍，谁也不会把您看作是县委书记。

从您的所作所为中看，处处体现着四个字"心系民生"：包产到户，解决百姓吃饭问题；"两户"发展，解决百姓收入问题；植树造林，解决百姓长远致富和生态问题……您把这些活生生的事迹，都写在百姓的心坎上，有谁能说，您不是"心系民生"呢？

至今，30个年头过去了，壶关人民对您还是念念不忘，常挂嘴边。我总认为，您在壶关这两年，是一段辉煌历史，是一页不可磨灭的记载，您是一位时代先锋。因而，我产生了写写您这段历史的念头。这一念头传出去后，立刻就得到壶关的一些老干部、老领导、老同事、老朋友等的关心与支持。

这样一来，更加鼓足了我写您的勇气。尽管我已70多岁了，不仅体弱多病，而且视力下降，写作水平又不高，但因有这颗赤诚之心在燃烧，就身不由己地动笔了。为了写好这段回忆，我不仅翻阅了不少当时的资料，还走访了一些有关单位及个人。在街头听说，您曾两上"北山"，访贫问苦，发动山区包产到户，我就专程走访了原石河沐公社党委书记王志明。同时，还在各地收集了一些珍贵照片。省林业劳动模范路其昌的老伴，将您与她全家在山坡上的照片亲手送给了我。原县政协主席张平和向我提供了两张照片：一张是您与全国劳动模范王五全，一张是您与张平和本人。

在写作的过程中，尽管我的疾病一直在增加：出现了严重的神经官能症与高血压，三天两头流鼻血，一天写不出300字，但也不肯放笔。就这样，写写停停，歇歇写写，写了将近一年，终于脱稿。一共写出18个片段，10万多字。

虽然写得不好，又是一种片段写法，但是，我总认为：这是精神的体现，生命的燃烧，心血的倾吐，真实的写照！

现将这一初稿寄上，请您审阅。审阅后，得到您的认可，再将初稿邮来，将是我的期望！

等待您的回音！

祝您全家春安！

梁忠文

2011年3月26日

附录二：
我给张维庆书记的第二次去信

张书记：

您好！

在来信中，您讲到：书稿您看了两遍，从中发现"前言"、"包产到户"、"绿化太行山"等五个章节中，都有些问题需要修改。您讲道：回忆录是一种纪实性的文体，写的都是真人真事，一定不能拔高。有十分写上七分就好，有七分写成十分，就不好了。对于一些过誉过满的表述，也一定不要有；您还讲道：写文章，一定要顾全大局，多方照应，不要出现顾此失彼或丢一撇二的现象。您希望我再斟酌一下，看还有什么问题，一定要努力改过来才好。

事情，往往就是这样：当局者迷，旁观者清。脱稿之后，尽管我也知道还有些问题，但也不像您这样看得清，看得准，看得亮！从我大半生的工作体验中，我深深明白：写文章，就是一个反反复复的修改过程。就像"千人糕"，只有多人动手，大家帮忙，才能够提高文章的质量。

为此，我一面求助于我的老上级、老领导马如龙、刘德宝、丁贵生等人，让他们从政治观点上为我指导；一面求助于我的老文友、忘年交王志明、弓少华、闫文斌等人，让他们从文字表述上帮我把关……这样一来，终使书稿中的一些弊病大为减少。

现将重点修改的那五个章节，给您寄上，烦您再次审阅一下，给我寄来为盼。

如还有什么不足之处，我再做修改。

顺祝全家大安！

梁忠文
2012 年 7 月 6 日

后　记

这本书，虽然出版了，但我总感到，这不是一本书，而是一摞"千人糕"。前言中已经点明了，这是在我的老上级、老领导、老同事、老朋友等人的积极帮助下完成的。我永远也不会忘记他们。

今将他们的现状，简述如下：

马如龙同志：山西省壶关县石坡村人。曾任壶关、黎城、长子、潞城等县的县委书记；中共晋东南地委办公室主任、中共忻县地委副书记、书记；山西省绿化委常务副主任等。现已90高龄，身体很好，在省城养老。

刘德宝同志：壶关县寨里村人。曾任壶关县副县长、县长，长治县县长；山西省农业厅常务副厅长。现供职于山西省食物与营养咨询指导委员会，主编《营养与小康》，直接服务于人民的身心健康。

丁贵生同志：壶关县神郊村人。山西大学毕业。曾任晋城市委组织部副部长，运城地委组织部部长，阳泉市委副书记、市政协主席、市人大主任等。现任阳泉市老龄人才资源开发协会主任。主编《红夕阳》，专为老年人唱赞歌。

张平和同志：壶关县星耀头村人。山西农业劳动大学运城分校毕

后 记

业。曾任县林业局办公室主任、副局长、局长；壶关副县长、政协主席等。现供职于太行山大峡谷红豆峡景区。

王志明同志：壶关县百尺村人。山西省立长治师范毕业。曾任中小学教师、教研室督导员、县委宣传部干事、文教办公室副主任、石河沐公社党委书记、县卫生局局长等职。

弓少华同志：壶关县冯坡村人。山西农业大学毕业。曾任县国土局办公室主任，县区划办副主任、主任，县房地产开发公司副经理，国土局副局长、局长等。

闫文斌同志：壶关县固村人。长治农校毕业。曾任县国土局用地科长，城关镇副镇长，辛村乡副书记，城关镇副书记，黄山乡乡长，东井岭乡党委书记等，现任县教育局局长。

任跃武同志：山西省武乡县神西村人。曾是知青，农村插队三年；而后当义务兵五年，现为县粮食系统干部。